Liée à son ennemi

MAISEY YATES

Liée à son ennemi

Traduction française de
ALEXANDRA TEISSIER

AZUR
HARLEQUIN

Collection : Azur

Titre original :
PREGNANT ENEMY, CHRISTMAS BRIDE

HARPERCOLLINS FRANCE
83-85, boulevard Vincent-Auriol, 75646 PARIS CEDEX 13
Service Clients — https://www.harlequin.fr/contenu/contactez-nous
ISBN 978-2-2805-2163-5 — ISSN 0993-4448

Édité par HarperCollins France.
Composition et mise en pages Nord Compo.
Imprimé en septembre 2025 par ScandBook UAB en Lituanie
en utilisant 100% d'électricité renouvelable.
Dépôt légal : octobre 2025.

FSC
www.fsc.org
MIXTE
Papier | Pour une gestion forestière responsable
FSC® C021394

Pour limiter l'empreinte environnementale de ses livres, HarperCollins France s'engage à n'utiliser que du papier fabriqué à partir de bois provenant de forêts gérées durablement et de manière responsable.

1

L'ascenseur se hissait lentement dans les étages. La main crispée sur la bride de mon sac à main, j'oscillais d'un pied sur l'autre, bien plus nerveuse que nécessaire puisque j'étais fin prête pour ce qui m'attendait.

L'adrénaline inondant mes veines se révélait plus énergisante qu'une dose de caféine, plus électrisante qu'un shot de whisky. Impossible de rester immobile. Par chance j'étais seule dans la cabine. Sans témoins.

Jamais je n'oserais montrer fût-ce un soupçon d'émotion dans un espace public. Les médias se feraient un plaisir de s'en emparer pour le déformer.

Florence Clare est une névrosée ! Nous le savions depuis le début !

L'héritière Clare succombe à l'émotion !

Les femmes seraient-elles trop sensibles pour être P-DG ?

Plutôt mourir.

Le numéro d'étage s'illumina sur le panneau de commandes. Un tintement retentit. Je vérifiai une dernière fois mon reflet.

Pas un cheveu de travers. Parfait. Je ne pouvais prendre le risque de ressembler à une humaine. Je devais être Barbie P-DG, avec la juste dose de charme, de douceur et de fermeté à la fois. Ce n'était pas juste, mais où était la justice dans la vie ? J'étais une privilégiée, j'en avais bien conscience. Pleurnicher sur mon sort alors que tant d'autres femmes affrontaient des situations bien plus désespérées que la mienne serait une perte de temps. Tout ce que je pouvais faire, c'était miser sur ma réussite pour changer la donne.

L'enjeu ici était de taille. Un contrat avec la NASA. La presse serait présente. Elle attendait un show, et j'étais prête à lui en offrir un.

Je quittai la cabine et m'engageai dans le hall, bien consciente de l'allure souveraine de mon tailleur noir à la coupe irréprochable repassé avec soin. Pas le moindre pli en vue. Encore heureux ! J'avais fait le trajet depuis l'hôtel allongée sur la banquette arrière pour prévenir les faux plis et presque rampé pour sortir de la voiture dans le garage privé où m'avait laissée mon chauffeur.

Depuis que j'avais pris les rênes de la compagnie Edison à la mort de mon père, cinq ans plus tôt, chacun de mes mouvements était scruté, disséqué, médiatisé. Un incident aussi banal qu'un éternuement au mauvais moment pouvait déboucher sur mille mots menteurs, un article infamant, un gros titre illustré d'un cliché pris sur le vif clamant que j'avais fondu en larmes ou hurlé sur mon interlocuteur.

Je vivais sous un microscope. Mais je m'y étais entraînée toute ma vie. Et, en vérité, j'adorais cela.

Soit, pas toujours. Disons... la plupart du temps.

Je me plaisais à m'identifier à un torero. Ou à un boxeur. Voire à un combattant de MMA. Me laisser griser par l'adrénaline en anticipant le combat, être exaltée par le rugissement de la foule. Avoir soif de me battre, de sentir l'impact de mon poing s'abattant sur l'adversaire...

Oh ! oui, cette soif surtout.

J'approchais des portes de la salle de conférences. Mon cœur battait de plus en plus vite. Je souris.

Parfaite. Invulnérable. Voilà l'image que je devais renvoyer.

Pour une femme la beauté était utile, mais ce n'était qu'un masque à enfiler le matin et à déposer le soir avec un démaquillant, une coupe de costume sans défaut. La ruse suprême, nécessaire, consistait à ne jamais montrer la moindre faiblesse.

En tant que dirigeante d'un des plus grands conglomérats au monde, je me devais d'apparaître féminine, belle, douce à l'occasion, tout en étant essentiellement un homme sous mon rouge à lèvres. Tout attribut authentiquement féminin m'était interdit. Hors de question que je me permette un bouton sur le nez ou une manifestation d'émotion qui trahirait l'approche de ma période menstruelle. Si j'étais femme autrement que par le nom et l'apparence, le doute surgirait aussitôt sur mes compétences.

Chose que je ne tolérerais jamais.

Deux hommes postés de part et d'autre des portes s'avancèrent pour les ouvrir à mon approche, et le temps suspendit soudain sa course.

La pause avant la bataille…

Dans cette salle, j'allais croiser le fer avec mon rival pour la première d'une série de présentations durant lesquelles chacun s'efforcerait de décrocher ce prestigieux contrat avec la NASA basé sur la technologie des fusées développée par nos compagnies respectives. Les médias semblaient croire que je serais déstabilisée à la perspective de me mesurer à lui une nouvelle fois. En réalité, je m'en faisais une joie.

Combattre en dessous de ma catégorie ne m'intéressait pas. Je haïssais cet homme, mais il était le seul adversaire assez coriace pour donner à nos débats le goût du combat. Or, en affaires, la guerre était la seule façon de s'amuser.

Dès que j'eus franchi le seuil, les appareils photo se braquèrent sur moi. Sous une rafale de déclics je tournai la tête. Il était là.

Hadès Achelleos.

Le diable en personne.

Vêtu de noir comme moi, ses cheveux de jais dégagés du front, il avait un visage d'ange déchu si beau que sa vue était presque dérangeante. Ainsi le décrivaient la plupart des médias dans une prose frisant le lyrisme.

Ce n'était pas faux. Des pommettes taillées dans le roc, une mâchoire carrée, un grand corps musclé – autant de traits traditionnellement considérés comme séduisants chez un homme.

Il avait dix-sept ans et moi quatorze lors de notre première rencontre dans un grand bal de charité où nous avaient traînés nos pères respectifs. Theseus Achelleos et Martin Clare se détestaient autant qu'ils adoraient se battre l'un contre l'autre, et la rivalité entre leurs compagnies avait l'étoffe des légendes d'entreprise.

Tous deux avaient commencé leur carrière avec une chaîne hôtelière avant de s'étendre au secteur du voyage. Navires de croisière, lignes aériennes, énergie... Ce que l'un faisait était aussitôt imité par l'autre, en mieux. Jusqu'à en arriver à la situation d'aujourd'hui. Au sommet du secteur, avec leurs enfants à la barre portant haut leur héritage et la rivalité féroce, pernicieuse, qu'ils avaient tant chérie.

Je nourrissais des préjugés contre lui avant même de le rencontrer. Depuis, il avait œuvré au fil des ans pour que je le déteste non seulement du fait de son héritage, mais pour *tout* ce qui le caractérisait.

L'arrogance. Le caractère imbuvable.

Le dieu de l'Enfer pour de bon.

— Bonjour, mademoiselle Clare.

Il s'avança, je serrai sa main tendue, comme je l'avais déjà fait mille fois.

— Monsieur Achelleos.

La salle remplie de scientifiques, d'ingénieurs, d'investisseurs et de journalistes était aménagée selon le principe d'une table ronde. Ce serait donc un débat.

L'excitation m'envahit. Hadès et moi nous dirigeâmes vers la scène pour prendre place. Je coulai un regard furtif vers mon adversaire, et mon ventre se contracta. Son seul profil respirait l'orgueil. L'éclat dans ses yeux et la certitude qui s'affichaient là décuplèrent mon envie de batailler.

Un modérateur se chargea de nous présenter au public. Une pure formalité. Tout le monde savait qui nous étions.

Vint enfin le grand moment.

— Edison est en position idéale pour devenir pionnier de la prochaine vague d'exploration de l'espace. Nos voyages spatiaux commerciaux ont été couronnés de succès, et notre dernier prototype atteste qu'il est possible d'accroître l'accessibilité des vols spatiaux.

— C'est bien joli tout ça, répliqua Hadès, mais l'espace a-t-il besoin d'être accessible au grand public ? Ne doit-il pas rester le bastion des scientifiques ? Ce n'est pas comme si les touristes britanniques pouvaient aller se prélasser sur les plages de Mars.

— Ce n'est pas l'objectif du voyage interstellaire, vous le savez très bien. Rassurez-moi, monsieur Achelleos, vous n'êtes pas déconnecté de la réalité au point de croire que l'éducation est le domaine réservé des ultra-riches ?

— Ce n'est pas ce que j'ai dit, me semble-t-il, mademoiselle Clare. Je constate simplement que, comme cela a été démontré pour la Grande Barrière de corail et l'Arctique, il y a du mérite à empêcher les foules de coloniser un espace vierge telles des fourmis se jetant sur un pique-nique.

Ses mots acides me chauffaient toujours à blanc. Ce feu me plaisait. J'en avais besoin.

Aurais-je aussi bien géré ma vie professionnelle sans cet ennemi juré, sans notre rivalité galvanisante pour me porter ? Je me posais parfois la question.

— Êtes-vous ici pour apporter une contribution quelconque

au débat, monsieur Achelleos, ou seulement pour dénigrer le fruit de mon travail ?

Hadès se décala légèrement sur sa chaise de manière à répondre face au public.

— Je ne compte pas investir dans la commercialisation de l'espace. L'objectif premier de Mercury, c'est de créer des engins spatiaux équipés d'instruments scientifiques de pointe.

Comme si je n'avais pas pensé que la NASA aurait besoin d'instruments performants !

Je le lui dis, posément, alors que j'avais les nerfs à fleur de peau. Il avait le don d'éveiller des émotions incontrôlables très inhabituelles chez moi.

Nous échangeâmes ainsi coup pour coup, sans pitié. Deux boxeurs sur un ring...

— Rendre l'espace accessible serait donc une déchéance ? C'est le comble du privilège et de l'arrogance.

— C'est un idéalisme que ne peut se permettre la science, rétorqua-t-il.

Crochet du gauche. Crochet du droit.

— L'idéalisme est au cœur de l'exploration spatiale, Hadès.

Uppercut.

— Et le pragmatisme est indispensable pour éviter les catastrophes, Florence.

L'heure qui nous était accordée touchait à sa fin. Les applaudissements et les flashs se mirent à crépiter autour de nous. Ma vision devint floue, mon cœur s'emballa jusqu'au vertige.

Le temps ralentissait de nouveau. Je fixai Hadès, qui soutint mon regard de ses yeux de jais, insondables comme toujours.

Un instant je crus percevoir ses battements de cœur calés sur les miens.

— Mademoiselle Clare ! Si le contrat avec la NASA vous échappe, est-ce la fin de la branche spatiale d'Edison ?

Je concentrai mon attention sur le journaliste qui venait de lancer sa question depuis le fond de la salle.

— Absolument pas. Nous sommes déterminés à rester à la pointe de l'industrie du voyage. Les techniques novatrices mises en œuvre dans notre programme spatial ont débouché entre autres sur des vols commerciaux plus longs, des avions plus rapides. C'est la recherche qui permet des avancées dans d'autres domaines du secteur.

— Monsieur Achelleos ? Si vous décrochez le contrat, quelles conséquences pour le Super Ship prévu pour être dévoilé dans quatre ans ?

Hadès fendit l'air de sa main droite.

— Le financement du Super Ship est entièrement distinct. Nous disposons des équipements et des ressources nécessaires pour accomplir plusieurs percées majeures en parallèle.

— Je vois que l'océan n'est pas aussi sacré pour vous que l'espace, monsieur Achelleos.

— Et moi je ne vois pas de badge presse, mademoiselle Clare, rétorqua-t-il en abaissant les yeux sur ma poitrine.

J'ignorai les grésillements que suscita dans mes veines ce regard de jais qui faisait mine de chercher une accréditation.

— À mon tour de vous poser une question, dis-je soudain en m'adressant au journaliste qui nous avait interrogés tour à tour. Pourquoi me demandez-vous à moi ce que je ferais si je perdais, et à lui ce qu'il ferait s'il gagnait ? Son genre rendrait-il cette conclusion inévitable dans votre esprit ?

— N… non, bredouilla le journaliste, pas du tout…

— Peut-être était-ce la qualité de ma performance, suggéra Hadès.

— Ou ce que vous avez dans le pantalon, répliquai-je du tac au tac d'un ton glacial. Une autre question dans la salle ?

La séance de questions-réponses se poursuivit à un rythme soutenu. Lorsque ce fut terminé je planais. C'était une sensation incroyable, de se mesurer à Hadès. Nous étions l'un et l'autre aussi inflexibles que l'acier le plus résistant...

En quittant la table, nous échangeâmes une nouvelle poignée de main. Puis je sortis la première dans le hall et m'engouffrai dans l'ascenseur.

Les portes coulissèrent derrière moi, et le silence m'enveloppa telle une couverture douillette. Mes oreilles bourdonnaient. C'était assez troublant de se retrouver dans le calme et l'immobilité, après une heure aussi frénétique. Nous ne saurions rien du contrat avant plusieurs autres présentations. La prochaine ne serait pas publique. J'avais déjà tout préparé.

Ma voiture attendait comme convenu devant la porte de l'immeuble. Je saisis mon téléphone pour vérifier l'adresse.

— Le Tomlin, annonçai-je au chauffeur en m'engouffrant à l'arrière.

Penthouse numéro un.

La clé virtuelle était déjà sur mon téléphone. Je pourrais donc monter directement dans la chambre sans passer par le comptoir de la réception. Parfait.

Le trafic se révéla infernal. Le charme de Washington... J'ouvris mon poudrier pour retoucher mon rouge à lèvres. Puis je coulai un regard vers mon sac de voyage, hésitant à me changer pendant le trajet pour éviter de mettre pied à terre en tailleur désormais froissé mais, la fatigue aidant, mon tranchant était un peu émoussé. Pas envie de me tortiller pour me déshabiller, surtout avec la lingerie sophistiquée que je portais au-dessous. Non, merci !

Tandis que la voiture louvoyait au pas dans les embouteillages, je rejouai la présentation dans ma tête. Son expression, lorsque j'avais marqué un point. Le plaisir qu'il avait pris à me renvoyer la balle.

Lorsque la voiture se rangea devant le bâtiment historique

de briques rouges de Georgetown, troué de fenêtres d'un blanc éclatant, l'adrénaline revenait déjà inonder mes veines.

Je sortis armée de mon sac à main et d'un petit bagage, assurai au passage au portier que je n'avais pas besoin d'assistance et traversai le hall jusqu'à l'ascenseur, qui avala d'un trait les douze étages. Je m'acheminai sur le marbre rutilant jusqu'à la porte tout au bout du couloir et, comme prévu, mon téléphone se chargea de déverrouiller la serrure.

Une splendeur, cet appartement-terrasse. La méridienne placée près de la fenêtre semblait confortable, parfaite. Je m'aventurai dans la chambre, où trônait un lit géant. Je laissai voyager mes doigts sur le bois vernissé du cadre…

Un bruit dans la pièce voisine.

Je regagnai le salon au moment où la porte se refermait. Et le voilà qui se dressait devant moi, tout de noir vêtu. Mon cœur bondit dans ma poitrine.

— Hadès.

La vraie bagarre pouvait commencer.

2

— La circulation était un cauchemar, déclara-t-il tout en desserrant son nœud de cravate.

— Je sais.

Et mon adrénaline atteignit son pic. Car c'était à cela que menait cette longue journée. Le vrai show. Celui dont personne d'autre ne saurait jamais rien. À travers le voile de brume qui m'enveloppait peu à peu, un détail pratique me vint à l'esprit.

— La chambre est enregistrée au nom de... ?

— Aucun des deux nôtres.

— Et tu es passé...

— Par-derrière.

Le sang noble d'Hadès Achelleos ne l'empêchait pas d'emprunter les entrées réservées au personnel, les sorties de secours, les portes dérobées donnant sur des ruelles désertes.

Pour ceci.

Pour moi.

Il était tentant d'y voir un affront personnel. Mais l'expérience m'avait appris à ne m'offusquer de rien avec Hadès. Même, et surtout, lorsque la fièvre montait et menaçait de m'emporter.

Cet homme était le feu personnifié. Il brûlait malgré lui tout ce qu'il touchait. Quelquefois je me disais que s'il était possible de remonter le temps jusqu'au soir où j'avais tout gâché, où je *nous* avais gâchés, je ferais un choix différent. Je perdrais ma virginité avec un serveur ou un inconnu rencontré sur la plage.

Dans mon cœur toutefois, je ne regrettais rien.

Car le combattre dans une salle de conférences était une ivresse – mais ceci surpassait tout.

Hadès traversa le salon d'une démarche soyeuse de félin en traque. La proie se serait enfuie ventre à terre. Pas moi. Vif comme l'éclair, il fondit sur moi et me pressa contre son corps dur, si dur, tandis que ses lèvres écrasaient les miennes.

Victoire.

Je le tenais sous mon charme autant qu'il m'envoûtait. Si je me sentais parfois impuissante, une junkie accro à un plaisir que lui seul savait me donner, savoir qu'il n'en menait pas large non plus me réconfortait.

Nous étions les deux seuls êtres sur Terre parfaitement assortis. En affaires comme au lit.

Il me propulsa contre le mur, ses mains rêches éraflant ma taille, mes hanches pour me déshabiller. Le tailleur bien coupé que j'avais pris tant de soin à ne pas froisser fut arraché de mon corps et jeté au sol d'un geste désinvolte.

Ses yeux étincelèrent à la vue de mes sous-vêtements. Après avoir renoncé à enfiler une robe dans la voiture avant d'arriver ici, je comptais sur ce moment. À juste titre.

— Tu portes *ça* depuis ce matin ?

Un corset avec bonnets en dentelle laissant peu de place à l'imagination et un string assorti, un porte-jarretelles, des bas couture. Des chiffons sophistiqués pas très pratiques, avait-il commenté un jour, pressé de s'enfouir en moi.

Je connaissais assez Hadès pour savoir que le frisson ne serait pas le même si je ne contrariais pas ses plans quelquefois. Sans rudesse, ce n'était pas amusant. Tantôt je lui donnais ce qu'il voulait, moi, nue sous mes vêtements pour gagner du temps, et tantôt… je prenais plaisir à le provoquer. Le pousser à bout. Tester ses limites.

J'acquiesçai en silence. Il me saisit le menton et me releva le visage.

— Tu es perverse, tu sais ça ?

— C'est ce qui te plaît.

Il avait déjà repris mes lèvres. Ce sentiment d'urgence… Ce soulagement de me retrouver dans ses bras, le dos calé contre un mur solide…

La dernière fois c'était un mois plus tôt. Et chaque jour depuis avait été une torture. J'imaginais ce que nous ferions, la tournure que prendraient nos ébats. À quoi ressemblerait la chambre. En entrant ici, à la vue de la méridienne j'avais aussitôt saisi ce qu'il comptait en faire. Il m'installerait dessus à quatre pattes, et l'arrondi du dossier stimulerait son imagination…

Quant au grand lit dans la chambre… Oh ! je subodorais aussi ses intentions de ce côté-là. Je passerais sans doute la nuit attachée à ses montants.

Mais d'abord… Ceci. Le désir, lancé à pleine vitesse, tel un train hors de contrôle. Il s'agissait de lui faire un sort. D'honorer cette flamme vive sans tarder.

Je sentais sa fébrilité, qui était l'exact reflet de la mienne. Ses mains dérivèrent sur mon corps, vers mes seins, pour les presser, les pétrir, tandis que sa bouche creusait un sillon de baisers brûlants sur ma gorge.

Mes doigts s'agitèrent à leur tour, sur la cravate, la chemise d'un blanc immaculé, pour arracher le tout comme Hadès l'avait fait sur moi tout à l'heure. Son corps était si robuste, si tonique.

Il avait changé avec le temps. Dix ans plus tôt, à vingt et un ans, il était mince, élancé, la créature la plus belle de toutes à mes yeux. Hadès m'obsédait, c'en était gênant. À l'époque je nourrissais des fantasmes d'une obscénité choquante. Normal,

Hadès en était le héros, et même une jeune fille inexpérimentée ne pouvait l'imaginer inoffensif.

Sa carrure avait forci depuis. Il était plus grand et plus massif. Un duvet brun dévalait son torse jusqu'au ventre aux abdominaux bien dessinés.

Nos yeux se rencontrèrent. Je crus suffoquer. Comment diable s'y prenait-il pour m'éblouir encore ? Aujourd'hui plus qu'hier, même, peut-être.

Ses mains se faufilaient maintenant entre mes cuisses, vers une onctuosité très parlante. Les préludes n'étaient plus de mise, ils duraient depuis des heures déjà, tandis que je le regardais répondre aux questions en toute décontraction, usant de sa sagacité pour tailler en pièces ses interlocuteurs. Et je rendais coup pour coup, comme toujours, quel que soit l'adversaire, mais surtout avec Hadès.

Surtout avec lui...

Je plaquai une main sur la bosse de son pantalon. Il gronda tout bas, s'inclina pour me mordre le cou tout en caressant mes chairs les plus tendres. Un doigt s'invita en moi sans précautions particulières. Le plaisir montait, intense, furieux. Jamais il n'avait été aussi incandescent... Mais le passé avait peut-être sombré dans l'oubli. Seul comptait l'instant présent.

— Tu en as rêvé pendant toute la présentation, n'est-ce pas ? chuchota Hadès d'une voix rauque, les yeux plantés dans les miens. Tu étais assise là sur ta chaise, tu tentais d'affûter tes arguments, mais tu ne pensais qu'à m'avoir en toi.

— C'est vrai, répondis-je, le souffle court. Et toi, tu rêvais d'être en moi.

Un grognement salua ma réplique, et puis il enfouit la main dans mes cheveux et me renversa la tête. Il m'embrassa avidement, les doigts crochés dans mes boucles blondes.

Mon chignon impeccable était fichu.

À cause de lui.

Et c'était divin.

Je me cambrai pour effleurer de la pointe des seins son torse duveteux tandis qu'il accentuait ses caresses, jouant à m'entraîner au bord du précipice pour mieux m'en éloigner ensuite, encore et encore. Je ne pouvais pas supporter ce supplice. Cela faisait trop longtemps que nous ne nous étions pas touchés. Trop longtemps que je ne l'avais pas senti en moi.

— Hadès…

— Tu obtiendras ce que tu veux lorsque je serai prêt à te le donner, grommela-t-il. Pas avant.

En représailles, je pressai son sexe tendu sous le pantalon. Moi aussi, j'avais le pouvoir de l'expédier par-dessus bord. Si je lui laissais les commandes, c'était par choix. J'aimais cela. Je prenais plaisir à éprouver cette puissance virile mise en œuvre pour me rendre folle. Parce que je me délectais de la taille de cet homme, de sa poigne ferme.

Mais je savais très bien que je pouvais moi aussi commander à son corps, au besoin. Ce que je fis sans plus tarder. Quelques caresses voluptueuses, lascives, de bas en haut puis de haut en bas, et son corps tout entier se mit à trembler. Il se dégagea brusquement, le temps d'aller chercher un préservatif qu'il enfila prestement avant de venir glisser son sexe très lentement en moi.

Il m'emplit, me fit gémir de désir avant de se retirer. Puis, sans prévenir, il replongea en moi jusqu'à la garde. C'était rude. Comme une punition. C'était parfait. Le point culminant de la journée. Le relâchement dont nous avions tous les deux besoin. Ensemble nous courions vers ce Graal, haletants, sans nous soucier du bruit.

Dans la salle de conférences, je portais un masque par nécessité. Ici j'étais libre. Même enserrée dans ses bras d'acier, j'étais libre. Il chuchotait contre ma bouche des mots crus qui me faisaient frissonner. Chaque poussée m'arrachait une plainte sourde…

Lorsque la vague nous emporta, il gronda plus fort, et un long cri extasié plus strident encore fusa de ma gorge sous la violence du plaisir qui cascadait dans tout mon être.

Un long moment, personne ne bougea. Je restai plaquée contre le mur et lui, le nez au creux de mon épaule.

— As-tu mangé, Florence ?

— Non.

— Je vais commander quelque chose, dit-il en se détachant de moi.

J'acquiesçai, balayant du regard nos habits éparpillés sur le carrelage. Tel était le décor de nos vies. Diverses chambres d'hôtel. Même saccage. Nous n'allions jamais l'un chez l'autre. Le risque d'être espionnés était trop important. Nous n'avions pas de relation à proprement parler. Il n'avait pas toute ma confiance. Il avait tout mon désir.

Je désirais Hadès depuis notre toute première rencontre. J'avais quatorze ans, je n'avais jamais touché un garçon et je ne comprenais pas bien ce qui m'arrivait. Je l'avais vu, et la Terre avait semblé cesser un moment de tourner.

Alors que j'avais été conditionnée à la haine à son égard, du fait de son association avec son père et de l'opinion de mon propre père à ce sujet, je rêvais de lui. Je me demandais quel effet cela me ferait de l'embrasser.

Quatre ans plus tard, Hadès arrivait à ses vingt et un ans, et je savais exactement ce que je voulais. Nos pères, rivaux en affaires, se retrouvaient dans les mêmes cercles, et je le croisais. Souvent.

À l'époque je m'imaginais que c'était de l'amour, bien sûr, et si nos conversations dégénéraient invariablement en un échange de piques cruelles, j'y voyais, sans grande logique, des débuts prometteurs. L'émotion qui affolait mon cœur en sa présence signifiait quelque chose de plus qu'un simple besoin primaire, j'en étais persuadée. L'innocence d'une ingénue… C'était aussi une façon de me protéger. Car je ne voulais surtout pas ressembler à ma mère, qui changeait d'amant comme de chemise et, pire, s'engageait dans des relations compliquées relayées dans la presse, qui se terminaient le plus souvent en procès retentissant.

Tout, plutôt que de suivre son exemple.

Voilà pourquoi j'avais instauré par la suite une frontière infranchissable entre mon désir pour Hadès et ma vie réelle.

Du sexe, mais pas de relation. Du sexe, mais pas de scènes en public ni de gros titres. Je ne permettais pas que mon désir affecte ma vie hors de ces chambres d'hôtel. En cela, je me différenciais de ma mère. Et la réussite avait suivi. J'étais devenue P-DG, au lieu de passer, comme elle, mes journées sur un canapé moelleux dans ma propriété du lac de Côme payée par mes ex-conjoints.

Cela dit, je n'étais pas spécialement fière de cette relation entre nous, complexe, tortueuse. Nous avions des raisons de la garder secrète, en plus de l'exemple de ma mère qui me tenait lieu de repoussoir. La concurrence féroce entre nos compagnies respectives était relayée dans les médias. Une liaison entre nous apparaîtrait comme une collusion d'intérêts. Ce serait un désastre. Surtout pour moi.

En témoignaient les questions qui nous avaient été adressées aujourd'hui – que ferais-je en cas de défaite ? Que ferait-il en cas de victoire ? Mercury absorberait Edison. Mes accomplissements deviendraient les siens. Une perspective insupportable.

Nos pères n'étaient plus de ce monde, mais cela ne changeait rien, au contraire. Le secret devait être gardé à tout prix. Et il l'était, depuis que je lui avais glissé une note, la bouche sèche et le cœur battant, lors d'un grand bal de charité le soir de mon dix-huitième anniversaire, pour l'inviter à venir me retrouver dans ma suite.

J'avais supplié mon père de me donner une chambre, alors même que celle qu'il occupait était immense. Il n'avait pas posé de questions. Mon père était ainsi. Il ne tenait pas à entrer dans les détails avec moi au-delà du nécessaire, sans doute rebuté à l'idée de faire face à des problèmes complexes. C'était pratique à plus d'un titre. Je me félicitais toujours d'avoir au moins un parent dont la vie sexuelle ne s'étalait pas dans les tabloïds. J'en savais trop sur ma mère, et très peu sur mon père. Quant à moi… Ni l'un ni l'autre ne me connaissaient.

Quoi qu'il en soit, j'avais obtenu ma propre suite. Et mon plan avait été mis en œuvre. Hadès était apparu sur le seuil, les yeux brillants.

J'avais revécu ce moment en pensée pendant des années ensuite. À chaque débat houleux entre nous. Ou lorsque nos regards se croisaient à travers une pièce bondée.

— *Tu sais ce que je veux.*

— *Vraiment ?*

— *N'est-ce pas évident depuis le début ?*

J'avais eu si peur qu'il me rejette. À la place, ce soir-là, il avait défait le col de sa chemise.

— *Je sais ce que* je *veux.*

Il y avait une question dans cette déclaration. Il cherchait à s'assurer que nous étions sur la même longueur d'onde. Nous l'étions. Oh ! oui, nous l'étions.

— *Je veux la même chose, Hadès. Et puis c'est mon anniversaire.*

J'avais entendu dire que la première fois était une affaire gênante, brouillonne, douloureuse. J'avais eu un peu mal, mais je n'avais ressenti aucune gêne, loin de là. La nuit avait été placée sous le signe de la passion. Il s'était agacé toutefois que je ne l'aie pas prévenu de ma virginité.

Quoi, l'homme qui venait de chambouler mon univers ne semblait pas complètement ébloui par ma personne ? J'avais tenté de rester stoïque, mais…

— *Qui d'autre que toi ?*

À ces mots il s'était tu et m'avait regardée droit dans les yeux avec une intensité troublante.

Dix ans plus tard, Hadès arborait une tout autre allure, mais son regard sombre était toujours aussi intense. Il me contemplait aujourd'hui de la même manière, et c'était peut-être cela qui me liait encore à lui dix années après cette soirée fatidique.

Il y avait eu depuis d'innombrables épisodes. Une suite confuse de chambres d'hôtel, jamais les mêmes, de tenues déchirées, de jurons, de promesses et de mots délicieusement crus.

— On va t'apporter un cheeseburger, *agape*, annonça Hadès en revenant vers moi.

Ces mots dénués de poésie me firent néanmoins battre le cœur un peu plus vite. *Agape*. L'emploi de ce petit nom ne signifiait pas qu'il m'aimait, je le savais. C'était juste une tournure qu'il affectionnait parce que c'était du grec et que la sonorité exotique m'excitait.

— Merci. Je ne suis pas obligée de rester pour la nuit, ajoutai-je, soudain consciente que le moment de proposer de regagner ma propre chambre était venu. Je peux repartir après le dîner.

C'était un jeu entre nous.

Hadès haussa une épaule, puis se mit en devoir d'enfiler son pantalon, sans doute pour accueillir le personnel du service d'étage.

— Il n'y a pas de raison que tu repartes.

Il voulait encore du sexe ? Eh bien, moi aussi. Je restais toutefois attentive aux lignes un peu floues existant entre Hadès et moi. Attentive à les garder aussi nettes que possible.

— Le débat s'est bien passé, commenta-t-il en se dirigeant vers le bar.

Il sortit une bouteille de scotch et se servit un verre.

— Est-ce un sujet dont nous pouvons discuter ? demandai-je.

— Nous étions tous les deux présents.

En d'autres termes, il n'y avait aucun secret potentiel dans nos échanges.

— Ce n'était pas vraiment un débat… Plutôt une séance de questions-réponses avec deux leaders de l'industrie spatiale.

— Mmm.

Hadès porta son verre à ses lèvres, le vida d'un trait et s'en versa un autre.

— Soucieux ? dis-je.

— Moi ?

— Tu bois beaucoup.

Il fronça les sourcils. Je compris que j'avais franchi une de nos lignes rouges invisibles. C'était admettre qu'après avoir été ces dix dernières années son secret le plus lourd, le plus inavouable, je pouvais avoir acquis une connaissance intime de sa personne, et cela c'était strictement interdit.

Et soudain, une illumination.

— Oh ! Hadès… C'est… c'est l'anniversaire de ton père !

— Ce n'est pas son anniversaire. Puisqu'il est mort.

— Je suis désolée.

— Désolée de quoi ?

— Je ne sais pas… De ne pas m'en être souvenue plus tôt ?

Il s'éclaircit la voix.

— Et quand donc, au juste, Florence ? Au cours de ce débat qui exigeait qu'on s'étripe mutuellement ? Ici, alors que je déchirais tes vêtements ?

— Il n'y a pas de public dans cette chambre pour nous entendre. Tu peux redescendre en pression.

Je m'avançai vers lui et retirai le verre de sa main. Il balaya langoureusement mon corps à demi nu du regard avant de se tourner vers la fenêtre.

— Il n'y a rien à dire. Mon père est mort comme il a vécu. C'était un salaud invivable. Tu le sais.

En effet. Nos pères avaient été des personnages brillants et complexes. J'adorais le mien, je voulais le rendre fier, mais je n'étais pas le fils dont il avait rêvé, et cela me pesait. Le besoin viscéral de ne commettre aucune faute, surtout pas une qui serait attribuée à mon genre, me hantait. Un véritable démon intérieur.

Voilà pourquoi, entre autres, Hadès m'avait toujours paru à la fois si dangereux et si désirable.

C'était terrible à dire, mais j'avais grandi dans l'aisance, seule me manquait l'attention de mon père. Peu de choses m'étaient refusées, en vérité. Sauf Hadès. Hadès était intouchable. Et, pour cette raison précisément, je n'avais jamais désiré personne autant que lui.

Notre histoire était son secret le plus intime, mais c'était aussi le mien. Si mon père avait su…

La rivalité entre nos pères n'était pas du genre amical, loin de là. Ces deux-là se détestaient. J'aurais aimé détester Hadès. L'envie de le frapper me démangeait quelquefois, pour le charivari d'émotions qu'il éveillait chez moi et qui me rendait folle. Seulement… je le voulais.

La première fois, c'était comme si nous réinventions le sexe. Nous avions fait l'amour dans toutes les positions, j'étais passée très, très vite de novice à expérimentée avec pour guides ses mains, sa bouche, son corps.

À mon retour à la maison, j'avais fait mon possible pour accepter l'inéluctable – cela ne se reproduirait pas. Il aurait bientôt une autre femme à son bras et dans son lit, et ce serait mieux ainsi, je le savais. J'avais tenté de mon côté de me trouver un petit ami, j'avais décroché quelques rendez-vous galants qui s'étaient tous soldés par un fiasco sans même un baiser échangé. Désirer un autre homme s'était révélé impossible.

Nos routes s'étaient de nouveau croisées six mois plus tard, à Genève, à la faveur d'un colloque scientifique. Je m'attendais à ce qu'Hadès me remarque à peine. Au lieu de quoi, il m'avait entraînée sans un mot dans les vestiaires les plus proches, il avait verrouillé la porte et m'avait prise sur un comptoir en marbre lustré. Je ne l'avais pas regretté une seconde.

Il m'avait fallu deux ans pour accepter ce mode de fonctionnement entre nous. Chacun était pour l'autre un exutoire. Une rébellion. Une parenthèse enchantée. Lors de nos rencontres, ce qui se passait dans la vie d'Hadès semblait sans importance. Je ne lui demandais pas s'il avait d'autres maîtresses, je ne voulais pas le savoir. Nos chemins se croisaient, et le reste ne comptait plus.

Puis son père était mort durant des congés à l'étranger. J'étais certaine qu'il couperait les ponts avec moi après cela. La compagnie lui appartenait désormais, et mon père était son concurrent direct. Entre-temps, ma carrière ayant évolué chez Edison, j'étais responsable de toutes les interventions publiques dont se serait chargé mon père à une époque.

Un beau jour, nous avions été tous les deux conviés dans un groupe de réflexion destiné aux jeunes dirigeants d'entreprises du secteur du voyage et des loisirs. Alors que nous patientions dans la même loge en attendant d'être officiellement présentés, il avait soudain tendu la main et empoigné mes cheveux pour me renverser la tête et m'embrasser presque rageusement. J'étais sortie de la loge tout étourdie.

J'étais allée le retrouver dans sa chambre ce soir-là. Il s'était révélé impétueux, exigeant et particulièrement créatif. Une tornade dévastatrice. C'était nouveau.

Depuis, de temps à autre, la tornade avait resurgi.

Le sujet de son père était délicat, je le savais. Or nous n'abordions jamais les sujets délicats. Le décès de Theseus Achelleos, un homme énergique et plein d'allant, avait surpris tout le monde. Un souci de santé survenu brutalement, selon la presse. La nouvelle m'avait causé un choc.

J'aurais aimé en parler avec Hadès, le réconforter dans son deuil. Mais ce n'était pas notre style. Hadès broyait du noir à cette époque. Je sentais les moindres variations de ses humeurs qui, telles des marées, bouleversaient tout sur leur passage et redessinaient le paysage intérieur de quiconque croisait leur route.

Une chance que j'aie depuis longtemps façonné le mien en un jardin de rocaille. Sec, impassible. Peut-être était-ce le fruit d'une vie passée à n'être jamais à la hauteur aux yeux de ma mère comme de mon père. Ou le résultat inévitable d'avoir dû me couler dans un moule pour reprendre Edison tout en continuant à sourire à la femme qui m'avait mise au monde entre deux brunchs mimosa. J'avais un noyau d'acier forgé pour ne jamais perdre ma forme intérieure, même si je pliais en surface.

La voix d'Hadès m'arracha à mes souvenirs.

— Tu devrais t'habiller. À moins que tu ne comptes offrir un pourboire au livreur ?

— Je comptais plutôt m'éclipser avant son arrivée...

L'idée de me montrer avec lui était exclue, et il le savait. Je rassemblai mes vêtements épars avant de me retirer dans la chambre. Je ne pris pas la peine de me rhabiller.

Quelques minutes plus tard, Hadès apparut sur le seuil, torse nu, un plateau bien garni dans les mains. Ses cheveux noirs partaient dans tous les sens depuis que j'avais laissé mes doigts jouer avec, et son corps était un modèle de beauté masculine. Des épaules sculptées, un torse large, des abdominaux fermes...

J'aurais pu le regarder des heures sans me lasser jamais. Mais ce spectacle me donnait faim – et pas uniquement de nourriture.

— Tu regretterais de laisser ton dîner refroidir, déclara-t-il en s'avançant dans la pièce pour poser le plateau au pied du lit.

— Qui dit que je vais le laisser refroidir ?

— Ton expression. Elle réclamait : encore !

— Je regardais mon hamburger, répliquai-je en haussant les épaules, pour le plaisir de le faire rager.

— Mais bien sûr.

C'était étrange. Je connaissais cet homme et je ne le connaissais pas. Je l'aimais bien parfois, et je ne l'aimais pas. Il était ma relation la plus longue, la plus proche en un sens.

Cela trahissait une certaine solitude dans ma vie... Ou peut-être que je me sentais seule à cause de lui. J'avais bien une amie, Sarah, qui travaillait chez Edison, mais... je n'étais pas aussi intime avec elle que je l'aurais voulu et je ne pouvais m'empêcher de penser que c'était ma faute. Car personne ne savait, pour Hadès. Personne. Je n'avais jamais parlé de lui à âme qui vive.

Je m'étais inventé des amants secrets. Car, par deux fois, Sarah et moi étions parties ensemble en voyage d'affaires, et j'avais disparu toute une nuit. Alors, comment dire ? J'avais façonné un mensonge qui me faisait apparaître bien plus aventureuse que je ne l'étais. Je laissais entendre que ce n'était jamais le même homme.

C'était faux, bien sûr.

Je retrouvais toujours le même homme, selon l'unique mode de fonctionnement possible entre nous. Dans ma tête, j'avais imaginé plus d'une fois un échange avec Sarah à ce sujet.

— *Alors quel est ton plan ?* me demandait la fausse Sarah. *Continuer ainsi avec lui indéfiniment... jusqu'à ce que chacun meure seul dans son coin et soit enterré avec ce secret ?*

Je lui répondais que, oui, tel était mon projet. Et mon amie ne répliquait jamais que c'était triste et grotesque.

Il n'était pas impossible, bien entendu, que je rencontre un jour un homme qui m'offrirait, disons, la moitié des sensations que me procurait Hadès et les compléterait avec une dose de tendresse, de soin, de sentiments.

Loin, très loin du désir violent, bouleversant, qui nous faisait perdre le contrôle, lui comme moi, à la moindre occasion.

Je n'en éprouverais pas le besoin éternellement. Je pouvais couper court à cette histoire. Un jour. Mais, s'il existait un homme capable de m'offrir cette moitié de sensations, je ne l'avais pas encore croisé.

La moitié, c'était trop demander, sûrement.

Je m'étirai langoureusement en travers du grand lit pour attraper mon assiette.

— Quand reviendras-tu à New York ? demandai-je d'un ton détaché.

Hadès travaillait le plus souvent en Europe, et ses rares séjours à New York nous donnaient la possibilité de nous retrouver sans participer en même temps à un événement professionnel. Quelquefois, par exception, je me déplaçais moi-même sous un prétexte quelconque dans les bureaux d'Edison à Londres, ce qui permettait des retrouvailles là-bas.

Deux fois par an. Pas plus.

— J'y serai durant tout le mois prochain, répondit-il.

Cette nouvelle me galvanisa. Un mois entier ? Mon imagination démarra au quart de tour. Chaque soir ou presque, aller le retrouver sur son lieu de résidence et me repaître de lui à satiété... Nous n'avions jamais disposé d'un temps si long.

Le mois de Noël, par-dessus le marché ! La ville serait tout illuminée, parée des décorations de fête... Ce serait presque romantique...

Seulement, nous ne donnions pas dans le romantisme.

Hadès serait sans aucun doute très occupé. Qu'importe, nous trouverions toujours du temps pour le sexe. Quand bien même ce ne serait qu'une petite heure...

Je l'avais un jour rejoint sur le tarmac d'un aérodrome alors que nous passions dans la même ville. Il disposait d'une heure, précisément. Le temps que son jet refasse le plein. Il m'avait emmenée dans la chambre de luxe aménagée au fond de la carlingue. J'avais ensuite quitté l'avion l'air affairé, comme si je sortais d'une réunion professionnelle.

Notre degré de détermination et d'opportunisme, combiné à cette longue période... Une ivresse.

— Je t'appellerai, dit Hadès.

— Non. Tu m'enverras une adresse par texto.

Il pouffa.

— Il est vrai que les lignes téléphoniques ne sont pas sûres...

— Oh ! la mienne, si. Les médias savent que je suis terriblement ennuyeuse.

Je prélevai une frite sur mon assiette et me renversai contre les oreillers, lui offrant une vue imprenable sur mon corps nu.

— Terriblement ennuyeuse, répéta Hadès.

Je fus incapable de déchiffrer son expression. Côté sentiments, cet homme restait un mystère.

— Finis de manger, dit-il. Je veux mon dessert.

Cette expression-là m'était familière. Elle m'excitait à tous les coups. Mon secret le plus inavouable, que j'étais prête à garder pour moi à jamais.

3

Il ne m'avait pas envoyé de texto. Aucune importance.

Cette nuit à Washington… J'en étais encore bouleversée, inexplicablement. C'était peut-être l'intensité du débat qui avait précédé, autour de ce contrat indécis. Ou alors c'était lui. Le jour de l'anniversaire de son père.

Quoi qu'il en soit, une nuance différente avait teinté l'atmosphère cette nuit-là dans nos ébats, torrides comme de juste, entre la méridienne et le lit. Une nuance dont la tonalité exacte m'échappait. À mon réveil, au petit matin, Hadès était déjà parti.

Ce n'était pas une première. C'était nous… mais son départ m'avait laissé cette fois une impression étrange, un goût amer, après le plaisir fou que nous avions partagé.

Aurais-je été sujette à un accès de romantisme ?

Cette pensée me troubla tant que je quittai mon bureau pour m'approcher des grandes baies vitrées donnant sur Upper East Side. Une vue magnifique. J'adorais New York. J'aimais tout autant Londres. J'avais la double nationalité par la grâce de ma mère, une femme du monde londonienne qui avait fait des enfants à des milliardaires en guise de plan de retraite. Elle travaillait, mais pas au sein d'une entreprise. Sa mission consistait à être belle, engageante, *décorative*, et elle y excellait.

J'avais ainsi un demi-frère plus âgé, comte italien, et un autre propriétaire d'andalous en Espagne. Ils connaissaient Hadès à coup sûr. Ces hommes fortunés, sombres et excentriques, tendaient à se rassembler entre eux.

Peut-être entretenaient-ils des femmes du monde, sur leurs yachts, dans leur vie de riches que je ne choisirais pour rien au monde...

Je me mordis la joue. Je n'aimais pas penser à Hadès en compagnie d'autres femmes. Nous n'abordions jamais ce sujet. Son corps ne m'appartenait pas, que cela me plaise ou non.

Le soir de notre première fois, j'avais de toute évidence bénéficié d'une expérience acquise par lui au préalable. À vingt et un ans, Hadès n'était plus un ingénu. Je n'avais aucune raison de croire qu'il m'était resté fidèle au fil des années qui avaient suivi.

Fidèle ?

La fidélité impliquait la présence d'une relation. Qui, dans notre cas, n'existait pas. Je savais cela. Pourtant je pensais un peu trop à Hadès alors que j'aurais dû me concentrer sur mon travail. Une pause s'imposait pour que je puisse élucider ce mystère et ajouter peut-être quelques objectifs clairs sur ma liste de choses à faire.

Ne pas penser à une rivale en affaires sexy pendant le temps de travail.

Une compétence basique, n'est-ce pas ? Et tout à fait logique pour quiconque était soucieux de réussir en affaires.

Je consultai malgré moi mon téléphone. Toujours pas de message d'Hadès. Un texto de Sarah cependant venait de s'afficher.

J'arrive. Il y a du nouveau. Du lourd !

Par réflexe, j'entrai aussitôt mon nom dans le moteur de recherche de crainte que ces nouvelles ne me concernent. Quelqu'un nous avait-il repérés, Hadès et moi, dans le même hôtel à Washington ? Bien sûr, les journalistes penseraient tout de suite à une liaison. La tête me tournait...

Après avoir filtré les entrées les plus récentes, je parcourus bon nombre d'articles répétitifs sans intérêt. Aucune révélation fracassante dans le tas, tout juste des pièges à clics – des articles sur le dernier rouge à lèvres porté par les femmes puissantes, mes plus beaux tailleurs noirs… Flatteur, je devais l'admettre. Mais pas exactement du lourd.

La porte de mon bureau s'ouvrit à la volée, et Sarah brandit son écran de téléphone devant mes yeux.

— Que dois-je regarder ? demandai-je.

— Il est fiancé.

— Qui ça ?

— Hadès.

La pièce se mit à tourner autour de moi, mais je sentis mon visage se figer. Ma poitrine était subitement comme prise dans la glace…

Sarah ne pouvait pas avoir raison. J'avais couché avec cet homme trois jours plus tôt. Il ne m'avait pas parlé d'une fiancée. Il n'avait été photographié avec personne, alors qu'il faisait souvent l'objet de reportages. C'était impossible.

Mais, tout cela, je ne pouvais pas le dire… J'émis un son inarticulé et raflai le téléphone des mains de Sarah.

Noces fastueuses en vue pour le milliardaire Hadès Achelleos et l'héritière Jessica Lane à New York.

— Je… je ne comprends pas…

— Moi non plus, Florence. C'est étonnant. Cet homme qui semble avoir des glaçons dans les veines…

— C'est juste que… Cela ne peut pas être vrai. Le timing…

Sentant le regard de Sarah vissé sur moi, je me ressaisis au prix d'un effort méritoire.

— Je veux dire, nous sommes au cœur d'une compétition féroce pour décrocher ce contrat avec la NASA. Pourquoi irait-il planifier un mariage en ce moment ? Ce serait idiot. On dirait qu'il me laisse la victoire.

— C'est vrai.

Une nausée me souleva l'estomac. J'étais à deux doigts de vomir. De rendre mes tripes ici et maintenant, sur la moquette.

Hadès allait se marier.

Ce salaud allait se marier, et il n'avait même pas eu la courtoisie de m'en informer ?

Il n'était pas à moi. Il ne l'avait jamais été. Je savais cela. Depuis le début. D'accord, peut-être pas le tout début, mais je m'étais appliquée à m'en convaincre de manière à tenir les sentiments à distance de notre histoire. Parfois ces sentiments m'assaillaient sans doute, mais c'était normal, Hadès n'étant pas un accessoire mais un être humain, et pour ma part je n'étais pas une sociopathe ! J'étais...

Je me laissai choir sur mon fauteuil derrière le bureau. Étais-je donc *l'autre* ? Était-il amoureux d'une femme, ou faisait-il semblant de l'être – une femme qui sans doute l'aimait – tout en la trompant avec moi ?

Cette idée ne m'avait jamais traversé l'esprit. Je l'avais imaginé entretenant peut-être des créatures superficielles sur son yacht, mais ça, jamais...

Est-ce qu'ils vivaient ensemble ?

— Tu te sens bien ?

Je levai les yeux vers Sarah. Honnêtement, j'étais à court de mots. Il fallait bien en trouver, pourtant. Tout, pourvu que ce ne soit pas la vérité.

— Oui... Je suis juste sous le choc.

J'avais conscience de me comporter comme un robot bizarre. Mais c'était ça ou fondre en larmes et avouer que je portais un terrible secret que personne ne devait connaître.

Ma réputation ne s'en remettrait pas.

On ferait de moi une sorte de barracuda. Une P-DG couchant avec son concurrent pour... Voyons, lui voler des secrets ? L'espionner ? Saccager sa vie ? Ce serait peu flatteur.

Je savais comment les médias traitaient les femmes. Je les

avais vus à l'œuvre avec ma mère, encore et encore. D'accord, ce n'était pas tout à fait une pure fiction, s'agissant d'elle. Mais on me mettrait vite et facilement dans le même sac...

Mon amie Sarah avait toute ma confiance, mais je ne pus me résoudre à évoquer à voix haute ce qui s'était passé entre Hadès et moi. Cette seule idée amenait un goût de bile dans ma bouche.

— C'est... c'est un type infâme, et j'espère que cette femme ne signera pas de contrat prénuptial et qu'elle gardera tout au moment du divorce qui arrivera forcément. J'espère aussi sincèrement qu'ils n'auront pas d'enfants.

— Waouh ! murmura Sarah.

— Tu ne comprends pas, repris-je tandis que la colère se déployait lentement mais sûrement dans ma poitrine. C'est l'individu le plus infâme que j'aie jamais eu la malchance de connaître !

— Tu viens de prononcer deux fois de suite le mot *infâme*.

— Normal. Il lui va comme un gant.

Je repoussai mon fauteuil et me mis à arpenter la pièce. Impossible de rester assise plus longtemps. L'indignation m'étouffait presque. Une chance, car elle me sauvait de la menace très réelle d'un flot de larmes dont je ne voulais à aucun prix.

— Il ferait un père lamentable, ajoutai-je.

Les mots tombaient de mes lèvres comme autant de balles de plomb.

— Et moi qui croyais que tu allais trouver ça drôle, dit Sarah. Cet homme s'engageant dans un plan aussi traditionnel que l'institution du mariage...

— Ce n'est pas drôle. Parce que cette femme, bien réelle, est victime d'une manipulation.

— Tu n'en sais rien. C'est une célébrité sur les réseaux. Il est tout à fait possible que ce soit un mariage de simple convenance.

Et si cela ne l'était pas, hein ? Si elle l'aimait ? Et il avait passé la soirée du jeudi précédent avec moi attachée au lit !

C'était cela qui me bouleversait, me dis-je. Et non pas, bien sûr, le fait qu'Hadès arrêtait tout avec moi sans m'avoir prévenue. Pourquoi se serait-il donné cette peine ? Il ne me devait rien. Officiellement, du moins.

— J'ai du travail, déclarai-je d'un ton brusque. À plus tard !

Sarah fronça les sourcils.

— C'est avec lui que tu étais, n'est-ce pas ? Et lui seul.

Je me redressai sous le regard inquisiteur de Sarah.

— Non, je n'étais pas avec lui. Nous nous sommes juste croisés lors de ce débat pour le contrat avec la NASA. Je ne t'apprends rien.

— Oui. Bien sûr. Je t'appelle plus tard, Florence.

Mon amie m'abandonna aux sombres pensées qui grouillaient au plus profond de moi telles des anguilles s'entrechoquant dans mes entrailles. Je tentai de travailler pendant une heure. Puis je fis quelque chose que je n'avais encore jamais fait.

J'appelai mon chauffeur et lui indiquai l'adresse du siège de Mercury. Le trajet s'effectua dans un brouillard irréel. Ma démarche ne brillait pas par sa discrétion mais, qu'à cela ne tienne, il m'était permis d'aller trouver Hadès dans ses bureaux. Après tout, nous étions concurrents en affaires. En certaines circonstances, un échange de vive voix s'imposait.

À mon entrée dans l'immeuble, la réceptionniste ouvrit de grands yeux.

— Mademoiselle Clare…

— Bonjour, dis-je en essayant d'adopter un ton professionnel. J'ai rendez-vous avec M. Achelleos.

— Votre nom ne figure pas dans le planning…

— Il va me recevoir.

Elle me laissa passer sur la foi de mon nom. J'empruntai l'ascenseur pour gagner le dernier étage.

Les cabines d'ascenseur m'offraient d'ordinaire un refuge pour expulser l'énergie que je m'interdisais de libérer en public.

Cette fois la montée fut longue. Ma colère, je tenais à la lâcher sur Hadès.

Au bout de quelques pas dans le hall du dernier étage, je me rendis compte que le but exact de ma venue n'était pas clair dans mon esprit. Pas grave. Une fois ma décision prise, je ne la remettais jamais en cause. Question de principe.

Je pénétrai dans le bureau d'Hadès sans frapper. Il se tenait près de la fenêtre, le dos tourné à la porte.

— Ce n'est pas une bonne idée de venir ici. Tu es bien placée pour le savoir.

La réceptionniste l'avait donc prévenu de mon arrivée. Il n'avait pas verrouillé la porte, toutefois. Je le fis à sa place, afin qu'on ne puisse pas nous interrompre.

Hadès pivota vers moi. Allure impeccable. Quel aplomb ! Bien coiffé, sanglé dans un costume de belle coupe, il semblait frais et dispos. Un homme au sommet de son art à tous égards. Un homme dont la vie se déroulait exactement selon ses plans.

En cette seconde, je le détestai de toutes mes forces.

— Comment oses-tu ? m'écriai-je.

— Pardon ?

— Ne joue pas les innocents, Hadès. Cela ne te va pas au teint. Tu es tout sauf un imbécile. Tu sais forcément que la nouvelle de tes noces imminentes est sortie aujourd'hui dans les médias.

— Oh ! ça, dit-il avec un geste désinvolte de la main.

J'en restai coite. Et cela m'arrivait très rarement.

— Eh bien, quoi ? soupira Hadès.

— Tu ne m'as rien dit.

— En quoi cela te concerne-t-il ? Depuis quand discutons-nous ensemble des changements dans nos vies personnelles ?

— Tu aurais pu me prévenir que c'était la dernière fois, à Washington. Je t'ai même demandé quand j'allais te revoir !

Sérieusement, j'aurais dû préparer un discours. Tous les mots qui sortaient de ma bouche me répugnaient. Ils exprimaient une douleur plutôt qu'une colère. *Ma* douleur, et non celle de la malheureuse Jessica Lane qui s'apprêtait à épouser un infidèle… Or c'était l'idée qu'il ait fait de moi *l'autre femme* à mon insu qui était censée me mettre hors de moi.

— Je ne vois pas pourquoi ce serait la dernière fois, Florence.

— Mais… Sur quelle planète tu vis ?

— En ce qui nous concerne, toi et moi, mon mariage ne change rien.

Il avait vraiment l'air d'y croire. Le mariage ne représentait donc rien pour lui. Comme si prendre femme équivalait à s'offrir une nouvelle paire de chaussures. Comme si cela n'avait rien à voir avec moi, puisque nos rencontres étaient déconnectées de sa vraie vie.

Hadès ne m'aimait pas, je le savais. De mon côté, je n'avais jamais prétendu l'aimer. Pas depuis mon adolescence. Et encore, je m'étais proclamée amoureuse seulement dans mon journal intime.

Et voilà qu'aujourd'hui je me conduisais comme une femme bafouée… Mais c'était une chose de savoir depuis le début que nous n'étions pas amoureux, c'en était une autre de mesurer soudain le peu d'estime qu'Hadès me portait. Il ne me considérait pas comme une personne, tout juste comme un jouet, alors que moi je voyais en lui mon égal, mon ennemi juré.

— Je te déteste, Hadès. Je te déteste et je ne veux plus jamais te revoir.

— C'est toi qui es venue me trouver dans mon bureau, *agape*. Si tu ne voulais plus jamais me voir, ce n'était sans doute pas la meilleure manière de commencer.

Je me surpris à traverser la pièce jusqu'à lui d'un pas décidé sans même y réfléchir et le poussai violemment à l'épaule. Il me saisit le poignet et m'attira contre lui. Mon ventre se noua. Je savais déjà ce qui allait se passer. Cela finissait toujours ainsi.

— Après ceci, dis-je, les dents serrées, je ne te verrai plus.

Terminé, les débats publics qui nous réunissaient au même endroit. Nous en découdrons pour le contrat avec la NASA par d'autres biais.

— Ça me va, dit Hadès.

Après ceci. Il savait comme moi ce qui allait suivre.

Voilà pourquoi notre nuit à Washington avait été si intense ! Il avait déjà ce projet en tête. Moi, j'en ignorais tout. Je méritais cette chance qui m'était offerte de partager mon émotion, de déverser sur lui toute mon intensité personnelle.

Cette chance de savoir que c'était la dernière fois.

Je refermai les doigts sur sa cravate, l'arrachai d'un geste vif et la jetai à terre. Sa veste subit le même sort. Puis vint le tour de la chemise, dont je pris soin d'envoyer valser quelques boutons. Pas question de le laisser ressortir intact de cet épisode. Car le plus irritant aujourd'hui avait été de le trouver aussi beau, aussi impeccable que d'ordinaire, comme s'il ne venait pas de publier une information qui m'avait secouée jusqu'au noyau d'acier que je pensais indestructible.

Il ne montra pas davantage de délicatesse envers moi et me dépouilla vite fait de mon chemisier, de mon soutien-gorge, de ma jupe crayon dont j'entendis craquer la fermeture Éclair.

C'était le cadet de mes soucis en cette seconde. Mes yeux brûlaient de larmes que je retenais de toutes mes forces. Hors de question de laisser paraître une émotion autre que la rage.

Les joues d'Hadès s'empourprèrent. Le désir affluait. Comme je faisais glisser sa ceinture hors des passants, il s'en empara, saisit mes poignets et les releva au-dessus de ma tête. Avant que j'aie eu le temps de réagir, il referma le cuir autour, emprisonnant mes mains, et m'allongea d'autorité sur une surface libre de son bureau d'angle massif, le visage crispé dans une expression de pure convoitise animale.

— Je parie que tu ne peux pas faire ça avec elle…

Les mots m'avaient échappé.

Trahie par ma jalousie.

J'étais jalouse. Elle, je m'en fichais. Je me fichais d'être l'autre. Mais j'étais blessée. Le pire, c'était que je ne pouvais plus me mentir – il avait eu d'autres maîtresses. Je n'étais peut-être pas unique à ses yeux, alors qu'il l'était aux miens.

Cela me faisait un mal de chien. C'était insupportable. Une vague de fureur me souleva, mais une poigne de fer retenait mes mains captives.

Hadès gronda tout bas tout en achevant rapidement de se déshabiller, le regard rivé à mes jambes gainées de soie et mes escarpins noirs. Puis il posa sa main libre sur ma gorge et m'embrassa goulûment.

Il me prit là, les yeux plantés dans les miens, à grands coups de reins. Secouée de frissons, je levai les poignets et les fis passer par-dessus sa tête comme il renforçait la pression sur mon cou. Enchaînés l'un à l'autre, dans le plaisir.

Ainsi j'aurais tout au moins une certitude. Il n'oublierait pas ce moment. Il ne m'oublierait pas. Il regretterait le jour où il avait choisi de troquer la moitié des sensations que nous partagions contre une vie ordinaire et insipide. Celle-là même que j'avais envisagée moi-même d'embrasser un jour ou l'autre...

Il s'était lancé avant moi. Et cela me touchait. Profondément.

Je bataillai contre sa prise pour étirer le cou et le mordis à la gorge, assez fort pour imprimer là une marque sombre. Il esquissa un sourire crispé et jouit dans la même seconde. Sa perte de contrôle entraîna la mienne.

Le plaisir nous emporta dans un même cri. Au diable la discrétion. Nous avions saccagé le bureau. Nous nous étions anéantis l'un l'autre. Pour la dernière fois...

Tel avait été le paysage de ma vie pendant dix années. Le paysage d'Hadès et moi. C'était fini, maintenant. Il n'y avait plus de « nous ».

Hadès exhala un long soupir, détacha la ceinture de mes

poignets pour me libérer. Et se libérer par la même occasion. Il se détacha de moi et, sans un mot, se mit en devoir de rassembler ses vêtements.

L'imiter ne fut pas simple. Ma jupe était fichue, mon chemisier dans un état pitoyable. J'enfilai sous ma ceinture les lambeaux de tissu noués entre eux. Cela me suffirait pour arriver jusqu'à ma voiture. Surtout avec ma veste noire par-dessus.

Seul ce genre de pensée bassement pratique me permettrait de quitter cet immeuble sans piquer une crise de nerfs.

Je ne lui dis pas adieu. Je ne lui dis absolument rien. Tout ce que j'avais besoin d'exprimer, je l'avais fait avec mon corps.

Une fois assise à l'arrière de la voiture, je relevai la vitre de séparation entre le chauffeur et moi et fondis en larmes.

4

Le pire fut que rien ne changea dans ma vie quotidienne après cette dernière fois. Jour après jour, je partais travailler. Je rentrais chez moi. Je sortais boire un verre à l'occasion avec Sarah. J'appelais ma mère et l'écoutais me parler de la fête qu'elle organisait et déplorer l'absence de mon demi-frère Rocco et de sa jeune épouse, qui aurait ajouté une touche d'élégance à la soirée.

Je riais malgré moi. Ma mère faisait souvent preuve d'une autodérision hilarante. Pas étonnant qu'elle ait réussi à mener les hommes par le bout du nez. Les articles parus dans la presse à son sujet n'étaient que des demi-vérités. On la dépeignait comme une mondaine un peu superficielle, à juste titre, mais ma mère était aussi drôle, intelligente et pince-sans-rire.

Tout cela ne m'aidait pas à prendre conscience que ma vie venait de changer pour toujours.

Deux semaines déjà que j'avais rompu avec lui. Nous n'étions pas entre deux rendez-vous. C'était terminé. J'oublierais, par moments. Puis la nouvelle de son mariage s'afficherait sur mon écran. Jessica Lane était apparemment très populaire sur les réseaux sociaux, et chacun de ses choix, déplacements, tenues, verres à pied, faisait l'objet de longs échanges.

Je la haïssais.

C'était d'un féminisme très discutable et assez injuste. Aucune importance. Le plus préoccupant était ailleurs. Car la conséquence d'une liaison tenue secrète pendant dix ans, c'était que le chagrin lui aussi devait rester secret. Mon petit enfer rien qu'à moi. Génial.

Jessica Lane pouvait se montrer sur les réseaux dans des petites robes à volants couleur pastel avec du rouge à lèvres rose vif. Elle avait le droit d'être féminine et douce, chose qui m'avait toujours semblé interdite. Avec Hadès, nous ne donnions pas dans le pastel. La couleur de nos rencontres était audacieuse, profonde, ardente. Éclatante.

Peut-être avait-il éprouvé un besoin de douceur.

J'étais si fatiguée de moi-même...

Un énième entretien pour la NASA exigea un déplacement à Houston, puis un autre à Cap Canaveral, sans que nos routes se croisent. Je m'étais assurée qu'Hadès n'était pas convié.

Après les réunions je réintégrais ma chambre d'hôtel et m'étirais en travers des draps blancs, les bras en croix tel un ange de la neige esseulé, malheureux. À mon retour à New York, je replongeais dans le travail comme si c'était ma planche de salut.

Hadès remporta le contrat.

Je suivis malgré moi son *live* sur sa victoire. Au bout d'un moment, je balançai mon téléphone si fort à travers le salon qu'il se fracassa contre le comptoir de la cuisine. Puis je m'assis sur le sol, la tête entre les mains, et pour la première fois je regardai l'échec en face.

> *L'héritière Clare n'était pas à la hauteur.*
>
> *Florence Clare, rejetée par Hadès Achelleos et la NASA le même mois !*

Dieu merci, ces gros titres ne sortiraient jamais pour de bon dans la presse. Puisque personne ne savait pour Hadès et moi. Et puisque c'était moi qui avais rompu.

« *Mon mariage ne change rien.* »

Comment osait-il ?

Une pause, voilà ce qu'il me fallait. J'appelai Sarah.

— Que dirais-tu de travailler à distance durant quelques semaines ?

— Où donc ?

— Lac de Côme.

— Tu plaisantes ? dit Sarah en riant.

— Pas du tout. Ma mère possède une maison là-bas.

— Ma foi, je ne dis pas non. Tu... tu es sûre de vouloir séjourner chez ta mère ?

Eh bien, oui. C'était étrange. J'adorais ma mère, mais de loin... Aujourd'hui, me laisser aspirer dans sa sphère m'apparaissait comme une chance de salut.

Connaissant maman, je savais que les beaux gosses au torse huilé ne manqueraient pas dans le coin. Je n'aurais que l'embarras du choix pour m'offrir une petite revanche entre les draps.

Rien que d'y penser, j'en avais la nausée.

— Elle donne une fête, dis-je à Sarah. Ce sera amusant. Et sa maison est si grande qu'on aura plutôt l'impression d'habiter la même ville, on ne la verra même pas tous les jours.

Restait à prévenir la principale intéressée. Je composai son numéro aussitôt après avoir obtenu l'accord de Sarah.

— Maman, puis-je venir quelque temps chez toi avec une amie ?

— Oooh... Une amie, tu dis, Flo ? Ou un ami ?

— Une amie, répétai-je en grimaçant.

Les yeux sur les lumières de l'autre côté des vitres de mon appartement, je songeai à Hadès. Nous n'avions jamais été amis.

Pourquoi donc aimais-je New York, déjà ?

Je ne révélai pas à ma mère que j'avais perdu le contrat avec la NASA. Elle ignorait même que je me battais pour en décrocher un. L'entreprise était florissante, j'avais un statut social, cela lui suffisait. Les détails importaient peu.

Le lendemain matin, je fourrai dans une valise les tenues les plus féminines et vaporeuses en ma possession, ajoutai une trousse de maquillage qui ne me servait jamais et des crèmes de beauté que j'oubliais d'appliquer, et embarquai avec Sarah sur le jet privé d'Edison, cap sur l'Italie.

L'hôtesse nous proposa une flûte de champagne, mais mon estomac renâcla. Il renâclait pour un rien, ces temps-ci.

— Tout finira par s'arranger, me dit doucement Sarah au moment de débarquer.

— Je ne vois pas comment.

Je compris avec un temps de retard qu'elle parlait de la compagnie. Du contrat perdu. Puisqu'elle ne savait pas, pour Hadès… Les deux sujets me semblaient aussi désespérants.

— J'ai toujours cru qu'il suffisait de se montrer à la hauteur, marmonnai-je. Là, je n'ai pas réussi.

— Ce n'est qu'un contrat, Florence, pas la fin du monde. Tu n'en avais pas besoin pour maintenir la stabilité financière de la compagnie.

— J'ai l'impression que c'est la fin.

Ce sentiment chez moi, assez inexplicable, était pourtant bien réel. La beauté du lac de Côme m'arracha pourtant un moment à mes pensées morbides.

Même au cœur de cette désolation très nouvelle pour moi, j'avais donc encore la force de relever la tête pour apprécier les merveilles que l'Italie avait à offrir… C'était un vrai soulagement. Il ne serait peut-être pas nécessaire que je suive une thérapie, tout compte fait. La fin de notre histoire n'aurait pas dû me mettre dans cet état.

La goutte d'eau de trop, c'était le contrat. Le plus gros problème, sûrement. Comment expliquer sinon que je me comporte comme une amoureuse au cœur brisé ? J'avais été déraisonnable sur bien des plans s'agissant d'Hadès, mais pas à ce point-là !

La maison de ma mère était une splendeur. Elle rayonnait au sommet de la colline, avec ses murs jaune citron et ses larges terrasses en pierre dominant le lac de Côme. Le couronnement d'un de ses divorces, disait-elle souvent, avant d'ajouter en riant que ce titre revenait plutôt de droit à Rocco. Il était son fils, après tout.

À notre arrivée, elle nous envoya du personnel. Un dîner à l'extérieur l'attendait, pas le temps de bavasser. Elle voleta vers nous tel un papillon, m'embrassa sur la joue, souhaita chaleureusement la bienvenue à Sarah et disparut.

Un quartier entier à une extrémité de la maison nous avait été attribué, avec un espace de bureaux disponible en plus de nos chambres respectives. Sur mon ordinateur, je me bornais à naviguer sur l'Intranet de la compagnie pour éviter de tomber sur des articles détaillant les préparatifs du mariage d'Hadès.

Chaque matin au réveil, je me disais que j'ignorais *absolument* combien de jours il restait jusqu'à la noce. Je faisais aussi de mon mieux pour ignorer que je me sentais de plus en plus mal au réveil, tant cela m'apparaissait comme une faiblesse. Non seulement j'avais échoué, mais je permettais à cet échec de m'affecter…

Un matin, nous étions assises toutes les trois sur la terrasse devant un étalage appétissant de confitures, croissants, fromages, olives, charcuteries. Quel que soit le moment de la journée, pour ma mère il n'y avait pas d'heure pour le saucisson. Une des extravagances dont elle avait le secret et qui me mettaient en joie.

— Tu as tout d'un cœur brisé, me dit-elle soudain en se renversant contre son dossier, ses grosses lunettes de soleil couvrant la moitié de son visage.

— C'est ce contrat, dit Sarah. La compagnie compte plus que tout au monde pour elle.

Sarah s'était immédiatement prise d'affection pour ma mère, ce qui se révélait utile. Elle semblait fascinée, comme en présence d'un spécimen à examiner à des fins de recherche.

C'était assez juste. Ma mère était éminemment digne d'être examinée.

— Flo a besoin de soigner sa vie personnelle, décréta ma mère.

— Florence est assise ici juste à côté de vous, dis-je. Et d'abord, pourquoi m'avoir appelée Florence si tu emploies tout le temps un diminutif ?

— C'est ton père qui a choisi ton prénom. Moi, je voulais t'appeler Trixie.

Ah ! et je ne serais jamais devenue P-DG.

— C'est ce contrat, dis-je en soupirant.

Ma mère abaissa ses lunettes de soleil. Elle avait une peau lisse étonnante et des lèvres débordant de leur ligne naturelle grâce à des années d'injections de Botox. La beauté sans artifices n'avait jamais été sa priorité, mais c'était une belle femme, ma mère, et face à elle je me sentais insipide. Je pouvais me raconter que je la jugeais excessive, tape-à-l'œil, par contraste je me faisais l'effet d'une pâle copie sans relief.

— Non, rétorqua ma mère. Ce n'est pas le contrat.

— Mais si !

Je me levai et saisis une assiette, déterminée à la remplir et à cesser de me languir dans mon coin comme une âme en peine, parce que c'était idiot.

Hadès devait se marier le lendemain. Grand bien lui fasse ! Je ne pensais pas à lui de toute façon, puisque je ne suivais pas l'actualité.

Une employée de maison apparut alors chargée d'un plateau de pâtisseries fraîches à ajouter à la collection de victuailles sur la table, avec en sus un assortiment de journaux.

Je pris un morceau de fromage dans mon assiette et mordis dedans alors que ma mère s'emparait d'un journal pour le poser sur la table.

Et là, sous mes yeux, s'étalait la une de son tabloïd préféré.

> *Les noces d'Achelleos plus chères que deux mariages royaux réunis !*

À cet instant, le fromage que je tentais d'avaler décida de se rebeller. Mon estomac suivit son exemple, et je quittai la terrasse en courant pour tituber jusqu'à la salle de bains la plus proche. Par chance, il y en avait un peu partout dans la maison. Je tombai à genoux devant une cuvette de toilettes dorée, où je perdis mon combat contre le fromage.

Je restai là un bon moment, complètement humiliée. Avec un peu de chance personne ne devinerait ce qui avait déclenché une réaction aussi violente chez moi. Je pouvais prétexter l'épuisement. Le surmenage. Un virus intestinal...

Tout sauf un gros titre sur les noces de mon prétendu ennemi.

Je m'aspergeai le visage d'eau froide avant de retourner sur la terrasse en essayant de faire bonne figure – mais je n'allais pas bien du tout. Sarah semblait inquiète. Ma mère esquissa un petit sourire.

— Oh ! enfin, Flo... Je vois que tu es ma fille.

— Quoi ?

— Tu es comme moi, tout compte fait.

— Tu veux dire... intolérante au lactose ?

Elle éclata de rire.

— Non... Tu as pris une mauvaise décision, n'est-ce pas ?

Une seule ? Si seulement ! J'avais commis tant d'erreurs de jugement au fil des années... Je m'étais convaincue qu'elles ne m'atteindraient pas, du moins pas sérieusement, tant que je parvenais à les reléguer dans un coin à part de ma vie.

Pendant tout ce temps, j'étais dans le déni. Les décisions que j'avais prises dans l'intimité ne pouvaient plus rester confinées, elles faisaient irruption dans ma vie normale, et... c'était un cauchemar.

— Je ne me sens pas bien, c'est tout, maman.

— Tu n'es pas enceinte ?

Je me figeai.

— N... non, bredouillai-je.

À son tour Sarah me regarda fixement. L'inquiétude sur son visage avait laissé place à la curiosité.

— Je ne peux pas être enceinte…

— Tu ne peux pas ou tu ne crois pas ? s'enquit mon amie. Ce n'est pas du tout pareil.

La tête me tournait de nouveau.

— Je ne peux pas, dis-je d'une voix faible.

Rien de pire ne pouvait m'arriver en cet instant. Seulement… je ne pouvais faire abstraction des signes qui défilaient sous mes yeux hagards maintenant. Des signes très parlants, que j'ignorais depuis un bon moment.

Mes règles avaient du retard. J'étais épuisée dès le réveil. Une sensibilité à fleur de peau. Des nausées matinales… Je venais d'expulser de mon corps un morceau de fromage comme si c'était du poison.

Plus accablant encore, je savais pertinemment que nous n'avions pas utilisé de préservatif l'autre jour dans son bureau. Sur le moment la conscience m'avait pour ainsi dire abandonnée. Même une enseigne lumineuse géante avertissant du danger des rapports non protégés n'aurait pas suffi à me rappeler au bon sens. J'avais voulu réfléchir après coup, prendre ce détail en considération, mais l'épisode me faisait si mal que j'avais préféré ne pas le rejouer dans ma tête. Cela m'était revenu bien plus tard, chez moi, une fois la stupeur passée.

Là encore, j'avais repoussé cette idée. Comme j'avais tout repoussé. Lui et moi étions si prudents d'ordinaire. Nous ne pouvions nous permettre la moindre négligence. Ce jour-là pourtant, nous avions bel et bien joué avec le feu.

— Oh ! Florence, murmura Sarah d'un air navré. Tu es enceinte, n'est-ce pas ?

— Est-ce qu'il est riche ?

La première question de ma mère, comme de juste. J'émergeai brutalement de ma torpeur.

— Aucune importance, je *suis* déjà riche.

— Je l'étais aussi, dit ma mère en agitant la main, mais pas au point de m'offrir une propriété sur le lac de Côme. Et aujourd'hui, regarde !

— Je me moque de l'argent.

Je restai assise là un long moment, à tenter de décider de ce que j'allais faire. Que je le veuille ou non, il était inutile de dissimuler la vérité, à moi-même comme aux autres.

Ce n'était pas seulement ma mère et Sarah que j'allais devoir affronter. Ce n'était pas seulement le conseil d'administration d'Edison et le grand public…

Un jour ou l'autre, à la vue de mon ventre rond, *il* saurait. Sauf à le convaincre que je m'étais consolée dans les bras d'un autre, voire que j'ignorais qui était le père – mais il ne me croirait pas une seconde. Là était le problème. Au fond, j'étais persuadée qu'Hadès avait toujours eu conscience du pouvoir qu'il exerçait sur moi.

Et puis il n'avait pas pu oublier lui non plus qu'il ne s'était pas protégé avec moi. Le timing étant plus que suspect, il s'interrogerait, exigerait des explications. C'était bien son genre.

Mais je ne pouvais pas attendre qu'il soit marié.

J'essayais sincèrement de ne pas me soucier de sa fiancée. Le contraire semblait un peu hypocrite, après ma décision très égoïste de faire l'amour avec lui une dernière fois. Il fallait pourtant qu'elle connaisse la vérité. Avant de l'épouser, elle devait savoir qu'il avait conçu un enfant avec une autre.

Il était possible qu'Hadès ne veuille pas entendre parler de cet enfant. Je revis son expression tendue à la seule évocation de son père au détour d'une conversation. C'était un sujet sensible, et celui des enfants le serait tout autant, à coup sûr. Seulement… Il ne se défilerait pas, car il n'était pas homme à fuir quoi que ce soit.

Je ne pouvais pas cacher ma grossesse. Tôt ou tard les médias finiraient par être au courant et prendraient le contrôle du récit.

Nous avions un laps de temps très court pour imposer notre version des faits. Si Hadès souhaitait abandonner tous ses droits parentaux, alors je pouvais simplement déclarer que j'avais choisi de faire un bébé toute seule par insémination artificielle.

Ce serait une belle histoire, laissant penser que je prenais ma vie en main.

Je m'interdis de songer à ce à quoi ressemblerait ce bébé conçu par Hadès et moi, d'imaginer un petit garçon aux yeux sombres ou une petite fille aux cheveux de jais. Non ! Pas question de basculer dans le sentimentalisme. Les sentiments n'avaient pas leur place ici. Il épousait une autre femme, je ne comptais pas pour lui. Néanmoins, tout devrait être très clair et transparent entre nous, avant que le public s'en empare.

Cela du moins, c'était une certitude.

— Je dois partir, dis-je. Tout de suite.

— Tu pourrais prendre le temps de consulter, de te procurer un test, fit remarquer Sarah.

— Nous en achèterons un à New York. Il n'y a pas une minute à perdre.

— Mais pourquoi ?

— Parce que nous devons arriver là-bas avant la noce.

5

Le départ du lac de Côme ne fut pas de tout repos. Comme je perdais pied, Sarah obligea le chauffeur à s'arrêter devant une pharmacie sur le trajet vers l'aéroport.

— Tu dois savoir, décréta-t-elle.

Mais je savais déjà ! C'était comme si le voile avait été levé. Je ne pouvais plus nier la vérité. Je ne faisais que ça, depuis des semaines, nier, ignorer... J'étais passée maître dans cet exercice. Dans ma situation, c'était nécessaire.

Le jet avait à peine atteint son altitude de croisière que Sarah brandit le test sous mon nez. J'avais conscience qu'elle m'en voulait à mort pour ce secret énorme entre nous. Une confession s'imposait, mais...

— Sarah...

— Fais le test, ensuite nous parlerons. Nous mettrons une stratégie au point.

Tête basse, j'allai m'enfermer dans les toilettes. J'obéissais rarement aux ordres – une allergie personnelle. Aujourd'hui cependant, je ne me sentais pas légitime pour contester. Il était même assez agréable que quelqu'un me montre la voie à suivre.

L'attente du résultat, le regard rivé à la seconde ligne rose qui se matérialisait peu à peu, fut assez pénible. À ce stade, c'était déjà une certitude. Mais le voir de mes yeux... Je regagnai ma place en courant presque.

— Positif. Je le savais ! Nous n'avions pas besoin de nous arrêter pour ce test au risque de…

— Il te demandera sûrement une preuve, trancha Sarah.

Un soupir m'échappa.

— À t'entendre, on jurerait que tu le connais.

— Je connais son genre, à défaut de sa personne. Je ne nous croyais pas autorisées à pactiser avec l'ennemi. Quelque chose à dire pour ta défense ?

— C'est arrivé le jour où la nouvelle des fiançailles est parue dans la presse.

Sarah me contempla en silence. Cette explication ne lui suffisait pas, je le savais bien.

— Et… ce n'était pas la première fois.

— Oh ! Florence, murmura-t-elle en portant les doigts à ses tempes. Il participait à toutes les conférences pendant lesquelles tu t'es éclipsée…

— Depuis quand tu te doutes ?

— Cette éventualité m'est venue à l'esprit une fois ou deux. Tu as cette expression étrange lorsque tu le vois… Sanguinaire, oui, mais pas seulement…

— Je tenais à ce que personne ne sache.

— Je suis ton amie.

— L'histoire a commencé bien avant que je te connaisse.

Sarah en resta bouche bée.

— Je l'ai séduit le jour de mon dix-huitième anniversaire, précisai-je.

— *Non…*

— Si. Et depuis ce moment-là… cela se produit, tout simplement. Cela se produit. Dans des villes quelque part dans le monde, des chambres d'hôtel. Parfois des vestiaires. Et même, une fois, dans la bibliothèque d'un manoir anglais.

J'avais oublié cet épisode. Ou plutôt j'avais délibérément choisi de ne plus y penser, car c'était le plus romantique, le plus délicieux. Il avait la saveur du danger. Nous nous étions éclipsés pendant une fête et, si la porte était dûment fermée à clé, Hadès avait pris son temps, et je m'inquiétais à l'idée qu'on remarque notre absence.

Il m'avait étendue les bras en croix sur le tapis devant la cheminée et contemplée comme si j'étais spéciale. Unique.

La lumière tamisée m'avait joué des tours, sûrement, car je n'avais vraiment rien de spécial...

— Alors comme ça, tu as une liaison clandestine avec ton concurrent numéro un depuis bien avant ton accession au poste de P-DG de la compagnie...

— Ce n'était pas une liaison.

— Le jour où je t'ai appris ses fiançailles, j'ai cru que tu allais vomir.

— Parce qu'il couchait avec moi alors qu'il fréquentait une autre femme ! J'ignorais son existence. Sinon jamais je n'aurais...

Mensonge ! Je l'avais bel et bien fait.

— Je ne peux pas lui pardonner ça.

— En effet. Vas-tu faire opposition au mariage ?

— Non, mais elle doit savoir. Lui aussi, du reste. Tu ne crois pas ?

— Si, dit lentement Sarah. À sa place, je crois que je voudrais savoir.

— Exactement. D'autant que ce bébé a été conçu pendant leurs fiançailles, dis-je en tournant les yeux vers le hublot. Elles ont été annoncées il y a un peu plus d'un mois. Tu comprends ce que cela signifie ? Ils étaient ensemble longtemps avant cela. Je ne peux pas laisser passer une chose pareille.

Sarah hocha lentement la tête.

— C'est l'esprit de justice qui te motive, Florence ? Ou une petite envie de vengeance ?

Je me trémoussai sur mon fauteuil, mal à l'aise.

— C'est important ?

— Pas vraiment.

Sans même m'en rendre compte, je lui déballai alors toute l'histoire. Toutes ces années. Toutes les fois où je m'étais convaincue que le posséder après une confrontation pugnace en public était ma récompense. La façon dont je m'appliquais à offrir l'image d'une femme d'affaires très sérieuse et très douée alors que je me laissais distraire par les hommes, comme n'importe quelle femme.

Un seul homme, dans mon cas.

— Il est très séduisant, concéda Sarah. Simplement, je te croyais aussi immunisée que tu prétendais l'être.

Mon amie semblait presque déçue.

— C'est triste, dis-je, mais je ne suis pas à l'épreuve de toutes les balles.

À notre atterrissage à New York, il restait à peine deux heures avant la cérémonie. J'envoyai un texto à Hadès, en désespoir de cause. Pas de réponse.

Je me rendis à son appartement. Il n'était pas là. Je n'avais aucune envie d'aller à l'église, mais je n'avais plus le choix.

— Tu veux que je te laisse y aller seule ? demanda Sarah.

— Je pourrais avoir besoin que tu fasses diversion.

Sarah acquiesça.

— Tout ce que tu voudras.

Le taxi nous déposa devant le perron de l'église. Nous étions plutôt bien habillées, venant d'un séjour sur le très chic lac de Côme, mais nous n'avions pas tout à fait les tenues appropriées pour une noce d'un faste équivalant à deux mariages royaux. Toute en rose, les cheveux lâchés, je me sentais une loque, très loin de ma zone de confort.

En haut des marches, un vigile nous bloqua le passage.

— Je suis Florence Clare, dis-je. Je suis bien évidemment invitée à la noce.

Le vigile haussa les sourcils.

— Je n'ai pas votre nom sur ma liste.

— C'est une erreur. Hadès et moi sommes en relation professionnelle.

Sarah coula vers moi un regard que j'évitai avec soin.

— Votre nom ne figure pas sur ma liste, répéta le vigile sans même regarder ses papiers.

— Vous la connaissez par cœur ?

— Je sais qui vous êtes, mademoiselle Clare. Si vous étiez invitée, je m'en souviendrais.

— Un moment de distraction, sans doute.

Je sortis mon téléphone et affichai le dernier message que j'avais envoyé à Hadès. Montrer ainsi que j'avais son numéro personnel me causa une bouffée de chaleur.

— Je vais aller vérifier avec son assistante à l'intérieur, concéda le vigile.

— Faites donc.

Comme il pénétrait dans l'église, Sarah retint la porte au vol.

— Fonce ! chuchota-t-elle.

Sans réfléchir, je me faufilai derrière lui, le cœur battant, au bord de la nausée, priant pour ne pas me ridiculiser dans l'église où Hadès était sur le point de se marier.

Rassemblant mon courage, je suivis une allée au hasard dans la pénombre. Où pouvait-il être ? Mon téléphone tinta. Un texto...

C'était Sarah qui m'envoyait une photo du plan de l'église, sans doute déniché sur Internet. Elle avait entouré de rouge deux pièces, sûrement propices selon elle aux préparatifs pour la noce. Je tentai de m'orienter. Pas si simple... Un second message de Sarah me parvint.

Je vais dire au vigile que tu ne te sentais pas bien et que tu es rentrée chez toi. Je reste dans le coin.

Je tapai rapidement :

Merci

Les yeux sur la carte, je m'acheminai vers le fond de l'église. Sous les voûtes de cet édifice très ancien, mes pas résonnaient dans mes oreilles au rythme de mes battements de cœur. Je m'efforçai d'adopter une démarche plus souple et discrète sans ralentir l'allure.

Une porte sur le côté. Je jetai un coup d'œil par un carreau vitré. Une petite foule préparait des bouquets de fleurs. Pas le style d'Hadès. Je poursuivis jusqu'à la porte suivante, dont la petite fenêtre était obstruée. Le battant s'ouvrit soudain devant moi à la volée, manquant me heurter de plein fouet. Je reculai vivement.

— Vous êtes une des fleuristes ? me demanda une belle femme à la peau brune qui portait une robe rose fuchsia.

— Oui, répondis-je sans réfléchir.

— Le bouquet de Jessica est prêt ?

— Pas tout à fait. Un peu de patience. Quelques dernières petites retouches, et il sera ici dans une poignée de minutes.

— Parfait.

La demoiselle d'honneur, manifestement. La couleur dominante de la noce semblait donc être le rose, une chance pour moi – je passais inaperçue, surtout avec mes cheveux lâchés et sans le noir qui était ma signature.

La porte se referma. J'hésitai sur la marche à suivre. Devais-je parler à Jessica en premier ? Non. Hadès était le père du bébé. Il devait être le premier à savoir.

Où aller maintenant ?

Je consultai de nouveau le plan et repérai une grotte aménagée au centre de l'église. Une sorte de sanctuaire à ciel ouvert. N'écoutant que mon instinct, je me dirigeai un peu plus loin vers une grande porte en bois brut qui, d'après le plan, donnait sur l'extérieur. Je la poussai non sans peine…

Il était là.

Le dos tourné à la porte, comme lorsque j'étais venue me confronter à lui dans son bureau. Et, comme ce jour-là, il se redressa comme s'il sentait ma présence.

Il se retourna, et nos regards entrèrent en collision. J'eus la sensation étrange que le sol s'ouvrait sous mes pieds. Le monde disparut. Il n'y avait plus rien, ni sol, ni ciel, ni gravité. Seulement lui. Et moi.

— Florence.

Pour une raison inconnue, entendre mon prénom sur ses lèvres me fit monter les larmes aux yeux. Et cela me mit en colère.

— Je ne suis pas venue m'opposer à ton mariage, dis-je en préambule.

Pas question de le laisser penser une seconde que sa présence m'affectait au point de commettre une telle sottise.

— Bien sûr que non, répondit-il.

— Je suis venue simplement pour...

Je n'eus pas le temps d'achever ma phrase. Il me rejoignit en trois enjambées, me saisit la nuque et m'embrassa. Ce baiser était rude, rageur, cruel. Et je me surpris à déposer aussitôt les armes. La part la plus lucide de moi-même regardait, horrifiée, la plus faible succomber au contact d'Hadès. Je n'avais jamais su faire autrement avec lui.

Jamais.

Il était le seul et l'unique pour moi. Il était le père de mon bébé. Cette pensée me donna enfin la force de me détacher de lui.

— Je sais pourquoi tu es venue, chuchota-t-il.

— Je ne suis pas là pour ça non plus. Tu ne me connais pas, Hadès. Contrairement à ce que tu t'imagines.

— Je suis ton amant depuis dix ans, *agape*. Ne viens pas me dire que je ne te connais pas. Je connais chacun de tes soupirs, chacun de tes cris, je connais la façon dont tes yeux bleus s'assombrissent lorsque tu me désires. Je connais tes fantasmes les plus inavouables. Je sais combien la femme d'affaires froide et calculatrice aime qu'on la mène à la baguette, tant qu'elle est nue. Je sais qu'elle rêve d'être attachée et qu'on décide à sa place.

Je ne sais pas seulement ce que tu veux, Florence, je sais ce que tu réclames à genoux.

À genoux…

Les miens étaient en coton. J'étais en état de choc, j'avais eu très peu de temps pour assimiler les événements, et ma grossesse me semblait encore une chose lointaine, presque théorique. Mais ma faiblesse à l'égard d'Hadès avait assez duré. L'enjeu était trop grave aujourd'hui.

Ce que j'étais en train de faire me dépassait, nous dépassait tous les deux. Cela dépassait l'acidité dans mon estomac, la colère, le désir qui me collait à la peau.

— Je suis ici parce que j'ai quelque chose à te dire. Je suis enceinte, Hadès. Je porte ton bébé.

À ces mots, il se figea tout à fait et garda le silence une longue minute. Puis son regard luisant se vissa sur moi, plus sombre que jamais, presque sépulcral, et me glaça jusqu'à l'âme.

— Voilà qui change tout, dit-il à voix basse.

6

Hadès me prit par le bras d'autorité et m'entraîna dans l'église.

— Tu es sûre ? demanda-t-il sans me regarder.

— Évidemment ! Ce n'est pas moi qui avais une fiancée secrète pendant que nous… Oui, je suis sûre.

— Tu es sûre que tu es *enceinte* ?

Je le sentais à deux doigts d'exploser. Je l'avais déjà vu dans cet état, dans un contexte très différent, lorsque son désir pour moi atteignait la limite du supportable…

— Oui. J'ai fait un test dans l'avion.

— Et tu es certaine qu'il est de moi ?

Je ne me donnai pas la peine de répondre.

En arrivant devant la porte qui avait failli m'assommer tout à l'heure, celle devant laquelle je m'étais improvisée fleuriste, Hadès frappa deux petits coups, et la demoiselle d'honneur réapparut.

— Hadès ! Vous ne pouvez pas voir Jessica avant la cérémonie !

— Je verrai ma fiancée si j'en ai envie. Nous devons discuter d'une affaire importante.

— À propos des fleurs ? s'enquit son interlocutrice en me jetant un regard.

— Oui, dit Hadès en s'avançant dans la pièce. Laissez-nous.

Dans la seconde, l'essaim de demoiselles d'honneur voleta vers la sortie dans un nuage rose. Jessica Lane était là, assise devant un grand miroir, ses cheveux bruns relevés en un chignon sophistiqué. À sa vue, je sentis mon estomac se contracter. Elle était belle comme une icône. Somptueuse et douce à la fois. Sa robe était une cascade de soie, une splendeur, et lui allait à ravir. J'étais en train de gâcher le jour de son mariage. Telle n'était pas mon intention à l'origine, mais c'était un fait. J'eus l'impression d'être mesquine et vile.

Elle fronça les sourcils en m'apercevant.

— Vous êtes Florence Clare...

— Oui, dit Hadès.

— Que se passe-t-il ?

— La donne a changé. Au plus mauvais moment. J'en suis navré. Je te laisserai la somme convenue dans le contrat de mariage.

— Qu'est-ce que tu racontes, Hadès ?

— Nous ne pouvons pas nous marier.

Jessica en resta bouche bée.

— Tu plaisantes ? Après toutes ces dépenses ?

— Ce n'était rien pour moi. Comme la somme que je t'offre pour t'éclipser sans faire d'histoires.

— Hadès ! m'écriai-je. Tu es sérieux, là ? Vous étiez fiancés, et tu l'éjectes pour ainsi dire de l'autel contre une somme d'argent ? J'avais déjà compris que tu étais un salaud sans cœur lorsque tu m'as dit que ton mariage ne changerait rien, mais... je n'imaginais pas à quel point !

Pourquoi diable prenais-je la défense de Jessica ? Et pourquoi étais-je hors de moi ? Elle et moi avions quelque chose en commun, sans doute. Comme elle, j'avais été assez stupide pour coucher avec Hadès. Et le résultat n'était pas joli, joli.

— Qu'avez-vous à voir là-dedans ? demanda-t-elle.

— Elle porte mon bébé, déclara Hadès.

— Oh !

— Tu comprends que cela change tout.

Jessica battit des cils.

— Tu ne pourrais pas juste… conclure un arrangement ?

— Cet arrangement, c'est que Florence va devenir ma femme. Mon enfant ne sera pas un bâtard.

— À moins qu'il n'hérite des gènes paternels, murmurai-je.

Et soudain, je pris conscience de ce qu'il venait de dire.

— Attends… Tu t'imagines que je vais t'épouser ?

— Je le sais, *agape*. Parce que cela va de soi.

— Mais, vous deux, vous vous détestez, intervint Jessica. C'est écrit partout dans la presse. Enfin, il y a bien un peu de fanfiction, mais…

— Un peu de *quoi* ? demandai-je, les dents serrées.

— Des délires de fans dans…

— Je sais ce que c'est ! Qu'est-ce qu'on raconte sur nous au juste ?

— Eh bien, certains pensent que la haine apparente entre vous masque un désir de vous envoyer en l'air. Et ma foi… On dirait qu'ils ne se trompent pas.

Je n'arrivais pas à comprendre ce qui se passait. Jessica aurait dû pleurer, piquer une crise de nerfs, me traiter de tous les noms… À la place, elle discourait sur les médias.

— Je suis vraiment désolée, affirmai-je. Je ne savais pas, pour vous. Sauf la dernière fois. J'étais déjà au courant, mais j'étais en colère et…

Jessica m'interrompit.

— Je ne suis pas amoureuse d'Hadès. Il cherchait une épouse pour assurer sa descendance et prendre des photos de famille dans sa luxueuse propriété. J'ai un empire médiatique. Cela semblait être un bon choix. Mais je n'ai aucun désir d'interférer entre vous. J'ai juste besoin d'une astuce pour sortir de ce bazar la tête haute.

— Raconter des histoires, c'est ton métier, déclara Hadès. Trouve une idée, joue les victimes si ça te chante, tant que tu ne dépeins pas Florence comme la méchante du conte.

— Jamais de la vie. Les gens aiment voir les femmes s'entraider par les temps qui courent. Et votre histoire à tous les deux plaira énormément au public, lâcha-t-elle d'un air songeur en se tapotant le menton. Bien. Avec cet argent neuf, je vais pouvoir faire le tour du monde en publiant des posts sur l'importance de prendre soin de soi. Et de savoir parfois s'effacer devant le grand amour.

Je manquai de m'étrangler.

— *L'amour* ? Je ne crois pas qu'Hadès connaisse le sens de ce mot.

Jessica se mit à rire.

— Moi non plus. Je n'aime que moi… J'étais tentée par sa proposition parce qu'elle me laissait toute liberté d'agir à ma guise.

J'avais la sensation de me retrouver entre les deux êtres les plus froids de la galaxie. Jessica semblait sympathique mais superficielle. Peu lui importait d'être rejetée, elle ne pensait qu'à trouver un moyen d'utiliser à son profit ce mariage avorté. À l'entendre, ce rejet lui offrait un scoop juteux bien plus amusant qu'une lune de miel destinée à fonder une famille.

— Tu devrais quitter l'église de façon spectaculaire, suggéra Hadès. Il y aura sûrement un photographe pour capturer ton départ précipité en robe de mariée. La photo fera un malheur sur tes réseaux. Tu pourras clamer que ton instinct t'a propulsée ailleurs et que tu as dû suivre ton cœur.

— J'aime ça ! Tu as vraiment un don pour cultiver l'image.

Je fixai Hadès avec la conviction d'avoir un inconnu en face de moi. En effet, il était très doué pour l'image. À se demander s'il y avait autre chose derrière ce… cet homme creux, pour qui les autres n'étaient que des jouets.

Peut-être m'étais-je fait des illusions depuis l'origine. Je m'étais délectée de son arrogance. Emportée devant ses entêtements. Régalée de nos combats. Tout cela, parce que je m'étais autorisée à croire que l'homme que j'invitais dans mon corps valait mieux que cela.

Je m'étais laissé berner par un mensonge qui m'arrangeait.

Au fond je n'étais pas différente de la plupart des femmes, s'agissant de sexe. Je m'étais raconté que nous n'avions pas de sentiments l'un pour l'autre, mais ces sentiments étaient bien présents chez moi, tout compte fait.

Jessica quitta la pièce sans ajouter un mot. Je l'entendis discuter dans le couloir. J'allai discrètement jeter un coup d'œil. Elle s'éloignait en faisant mine de courir sur les dalles tandis que sa demoiselle d'honneur la photographiait avec son téléphone.

J'assistais à une pièce de théâtre. Toute la scène ressemblait à une farce. Je me tournai vers Hadès.

— Pourquoi ne m'as-tu pas dit que c'était un mariage de convenance ? Et d'abord, qu'est-ce qui t'a poussé à te marier ?

— Est-ce vraiment le moment de parler de ça ?

Il n'avait pas tort. Une bombe venait d'exploser, j'errais au milieu des débris. Il semblait un peu idiot de choisir quelle pièce ramasser pour en discuter en priorité. C'était une telle pagaille... Le moyen d'y voir clair ?

Sauf erreur, il était censé se marier dans une heure.

— Sarah est-elle toujours ici ? demanda Hadès.

— Comment sais-tu que...

— Tu ne serais pas venue ici sans elle. C'est ta meilleure amie.

— Elle est là, dis-je en soupirant, mais...

— Parfait ! Je vais demander qu'on t'apporte un choix de robes de mariée. Quelle couleur voudrais-tu pour ta demoiselle d'honneur ?

— Tu te fiches de moi ? Tu crois que je vais t'épouser ?

— Mais oui.

— Hors de question. Il n'y a pas deux minutes tu t'apprêtais à épouser une autre femme. Je ne vais pas servir de doublure sous prétexte que je suis enceinte !

— C'étaient les termes du testament de mon père. Je devais me marier et avoir des enfants dans un temps limité. Cinq ans, en l'occurrence. Et la date butoir approchait. Or tu es déjà enceinte de moi, et cela m'arrange grandement.

— Hadès... Tu oublies quelque chose. Nous avons gardé le secret pendant dix ans du fait des possibles retombées sur nos compagnies. Les gens vont penser que nous nous dirigeons vers une entente sur les prix et une monopolisation de certains secteurs du marché. Nous risquons d'affronter des conséquences financières, mais aussi juridiques...

— Et nous nous attellerons à gérer ces risques. Quitte à dissoudre divers départements des compagnies.

— Oh ! est-ce ainsi que tu comptes m'amener à me débarrasser de ma division « Espace » ?

— Ce ne serait pas plus mal. Vu que tu n'as pas décroché le contrat avec la NASA.

Qui sait pourquoi, même dans le chaos ambiant ce rappel me fit grincer des dents.

— Alors vas-tu me vendre ta compagnie de croisières ?

— Peut-être, Florence, mais ce n'est pas mon souci majeur en cet instant.

Là-dessus il décrocha son téléphone pour passer commande de robes de mariée. Je fermai les yeux. Tout était si étrange. J'avais la sensation de vivre une sortie hors du corps. Qu'est-ce qui m'empêchait de sauter de joie devant la tournure des événements ? Il n'épousait pas une autre femme, il m'épousait, moi !

— Tu ne m'as pas dit la couleur, chuchota-t-il.

— Rouge.

Ma main vola vers ma bouche. Pourquoi avais-je seulement répondu à la question ?

— Ma mère est en Italie, ajoutai-je malgré moi.

— Allons, Florence, ta mère va tellement adorer ce scénario qu'elle se moquera bien de ne pas y assister, tu ne crois pas ? Elle en profitera même pour raconter l'histoire à tout le monde en se présentant comme une victime du destin.

Hadès avait raison, et c'était agaçant. En outre, ma mère ne m'en tiendrait pas rigueur, puisque son gendre tout neuf serait un milliardaire. Et pas n'importe lequel – un milliardaire qui était le chouchou des médias. À tout le moins, elle se délecterait à l'idée que mon père aurait détesté ce mariage.

— J'ai l'estomac à l'envers, murmurai-je.

— Vraiment ? dit-il, l'air sincèrement inquiet. On peut faire une courte pause, si tu en as besoin.

— Je n'ai pas donné mon accord pour t'épouser.

— Tu finiras par te rendre à l'évidence. C'est une question de bon sens.

— Qu'arrivera-t-il si tu ne te maries pas ?

— La compagnie reviendra au conseil d'administration.

— En d'autres termes, j'aurais des avantages certains à ne pas t'épouser…

— En attendant, tu portes mon bébé. Produire un héritier était le plus gros souci. Je suis sûr que je pourrais faire valoir ce point auprès des avocats. Mais, honnêtement, serait-ce un bon début dans la vie pour cet enfant ? Veux-tu vraiment ressembler à tes parents ? Ou pire, aux miens ?

Nous n'abordions jamais ces sujets. Je savais simplement qu'il n'avait pas une vie de famille normale, sans connaître les détails. L'idée ne m'était pas venue qu'il en savait autant sur moi. J'étais accablée par la futilité de toute chose. Mes efforts pour me cacher d'Hadès avaient été vains, visiblement. J'avais aussi tout fait pour nous cacher aux yeux du monde, et voilà que cette croyance s'écroulait aussi.

Un échec après l'autre…

— Mais c'était un secret jusqu'ici, Hadès…

— Si ce que dit Jessica est vrai, nous sommes sur le point d'enchanter le public. Bien des gens se vanteront d'avoir vu juste sur nous depuis longtemps.

Un rire nerveux me secoua.

— À quoi auront servi tant d'années de discrétion, de précautions, de mensonges ?

— Nos pères n'ont jamais rien su. C'était une excellente raison de garder le secret.

— Si le mien avait appris que son petit-enfant...

— Toi et moi aurions perdu nos situations. Aucun doute là-dessus.

Une envie violente me traversa de baisser la garde et de m'offrir un autre moment comme celui de Washington. Lorsqu'il était apparu, disant que la circulation était un cauchemar, et m'avait embrassée. Lorsqu'il m'avait commandé un cheeseburger parce qu'il savait que c'était exactement ce dont j'avais envie.

J'en rêvais, mais je ne pouvais me le permettre. Je devais garder l'esprit clair.

— Il faut contacter nos avocats, dis-je. Un contrat prénuptial s'impose.

— Bien. Je vais passer un autre coup de fil. Tu conserves tous tes biens, je conserve tous les miens.

— Parfait.

Si je le défiais, aurait-il recours à la menace ? Le moment était venu de lui donner une chance de me prouver qu'il n'était pas un monstre. Qu'il me dise en face qu'il n'essaierait pas de me détruire si je refusais de l'épouser.

— Et si je m'en allais maintenant ? Si je te disais que tu devras te contenter d'une garde tous les week-ends, comme tant d'autres pères ?

L'expression qui se peignit sur le visage d'Hadès me donna la chair de poule. Le personnage qui se dressait devant moi portait haut son prénom. Il semblait tout à fait capable de m'entraîner avec lui dans les derniers cercles de l'enfer, où nous partirions ensemble en fumée.

— Je n'en ai aucune envie, Florence, mais je n'hésiterais pas à provoquer ta ruine. Nous savons, toi et moi, que tu tenais à la clandestinité avant tout pour ne pas donner l'image d'une femme d'affaires qui couche avec son concurrent. Pour peu que je laisse filtrer ce qu'il ne faut pas, imagine ce qu'il adviendra de la confiance que te portent tes employés. Tes investisseurs. Le grand public même pourrait s'imaginer que la NASA m'a accordé le contrat parce que tu m'avais soutiré des informations et qu'ils s'en étaient aperçus.

— Jamais je...

— Plus tard, j'ai pu parcourir l'offre préparée par tes soins. Laquelle comportait plusieurs sections étrangement similaires aux miennes.

— Tu sais très bien que je ne t'ai rien pris, nous avons fait très attention, pour éviter justement ce genre de reproches...

— Il ne s'agit pas de ce qui s'est réellement passé. Il s'agit de ce qui est crédible.

— Tu me ferais ça !

— Oui. Comment peux-tu me croire une seconde faible ou influençable ? Si j'ai appris de mon père une chose valable, c'est à ne jamais plier. Ce qui m'appartient me revient de droit. Cet enfant est à moi. Tu es à moi.

— Hadès... Tu n'es pas l'homme que j'espérais.

Il se moquait bien de mes aspirations. Avec ou sans mon accord, il suivrait la route qu'il estimait juste. Mes pires craintes étaient confirmées.

Savoir cela était douloureux mais nécessaire. Car si je me lançais dans cette aventure, si j'épousais Hadès, je devais me protéger. Je devais garder à l'esprit qui il était, et qui j'étais.

À l'image de tout ce qui s'était passé entre nous jusqu'à aujourd'hui, cette union ne reposerait jamais sur des sentiments. C'était juste une question de contrôle. De possession. D'obsession, même. Mais en aucun cas de sentiments.

— Dans quarante-cinq minutes, Florence, tu marcheras jusqu'à l'autel au pied duquel je t'attendrai. Prépare-toi.

7

Sarah pénétra dans la pièce en compagnie de toute une troupe, l'air un peu halluciné. Elle jeta des regards furtifs autour d'elle comme pour vérifier que personne ne pointait une arme dans ma direction.

— Tu as perdu la tête ?

Une robe rouge atterrit dans ses bras.

— Merci... Florence, dis-moi que tu ne vas pas l'épouser !

— Si. Je n'ai pas le choix.

— Il te fait chanter ?

— En quelque sorte. Mais je ne m'attendais à rien d'autre de sa part.

— Rien ne t'oblige à accepter ça.

— Crois-moi, le désastre qui se profile si je refuse ne vaut pas le coup.

Si les coiffeuses et les maquilleuses se demandaient ce qui était en train de se passer, elles n'en montrèrent rien. Une styliste me considéra d'un air dubitatif avant de prélever trois robes différentes sur un portant. L'une d'elles se composait de plusieurs couches d'un tissu vaporeux, diaphane. Le corsage drapait ma poitrine de plis doux, et le jupon se déployait au moindre mouvement. Je ne me serais jamais autorisée à imaginer sur moi un tel déploiement de féminité.

Dans cette robe, je ressemblais à une mariée.

Au bras d'Hadès en costume noir très strict, je serais l'incarnation même de la douceur. Le genre de choses à éviter absolument en réunion d'affaires, mais pour un mariage ?

Notre mariage...

Je contemplai mon reflet dans le miroir. Des yeux trop grands, un teint cireux. Aurais-je l'air d'un butin auprès de mon vainqueur ?

En même temps, j'avais fière allure et je ne savais pas quoi en penser. Je ne savais pas davantage ce que je devais éprouver à la perspective de devenir mère. De devenir une épouse.

L'épouse du dieu de l'Enfer.

Mais cet enfer, j'avais plongé dedans de bon cœur ! Ce n'était pas un hasard. À force de jouer avec le feu...

— C'est la bonne, décréta la styliste.

— Quelque chose de plus cintré, peut-être ? suggérai-je dans une timide tentative pour trouver un peu de confort dans une situation tout sauf confortable.

— Non. Celle-ci vous va parfaitement.

Je me tus. La styliste avait raison. J'adorais déjà cette robe, quand bien même elle me donnait l'impression de partir au combat toute nue, sans l'armure indispensable.

Le temps pressait. On m'enveloppa d'une serviette-éponge pour me maquiller. Une dose de blush lumineux pour rehausser la teinte fade de mes joues, un rouge à lèvres rose... Puis les coiffeuses entrèrent en action. Par la magie d'un brushing, des boucles lâches rebondirent bientôt sur mes épaules.

Le monde entier allait penser que j'avais remis mes pouvoirs entre les mains d'Hadès. Voilà comment il remportait ses victoires. Je n'avais pas anticipé cela en quittant le lac de Côme. J'avais eu la vue bien trop courte. Erreur classique. Dans mon esprit, c'était une course contre la montre que je devais gagner – arriver à New York à temps pour offrir un choix à Jessica.

Hadès s'était débrouillé pour détourner ce plan de sorte que je dispose d'un temps très limité pour faire mon propre choix.

J'aurais pu l'obliger à attendre, peut-être. Au lieu de quoi j'étais là, toute prête, dans ma robe de mariée. Je lui avais laissé le contrôle parce que j'étais encore sous le choc des douze dernières heures que je venais de vivre.

À moins que l'adolescente qui s'était crue un temps amoureuse d'Hadès ne vive encore quelque part en moi... N'avais-je donc rien appris en dix ans ? Dix années de sexe aventureux, et il ne s'était jamais vraiment rapproché de moi. Ses humeurs donnaient le ton de notre duo. Son intensité, celui de nos rencontres. Je l'avais laissé fixer les règles.

Voilà pourquoi il avait déclaré que ses fiançailles ne changeraient rien. De son point de vue, c'était à lui de décider. Mes souhaits à moi ne comptaient pas. Je n'étais pour lui qu'un exutoire pratique pour ses besoins les plus primaires. Inutile de me faire signer un accord de non-divulgation, à qui serais-je allée me confier ? Il savait que, de toutes les maîtresses qu'il avait pu fréquenter, je serais la plus motivée pour garder ses secrets afin de préserver ma personne.

J'avais perdu la notion du temps. On me faisait déjà sortir de cette loge improvisée qui abritait une heure plus tôt un autre cortège nuptial, une autre mariée. Les travées seraient-elles désertes ? Qu'avait-il raconté aux invités ? Allais-je l'épouser en présence des amis et de la famille de Jessica ?

Je me tordais les mains, figée dans le vestibule devant la porte de la nef, tandis qu'on invitait Sarah à pénétrer à l'intérieur. Elle me lança un regard interrogateur, s'attendant peut-être à ce que je change d'avis au dernier moment. Comme je ne soufflais mot, elle disparut dans la nef.

Je sentis une présence derrière moi et me retournai vivement.

Mon demi-frère Javier. Nous n'avions pas grandi ensemble, mais au fil des ans nous avions tissé lui et moi une forme de relation. Son apparition me laissa néanmoins pantoise. Il était venu à mon mariage. À la dernière minute ! J'étais étrangement touchée.

— Comment as-tu fait... ?

— Je connais Hadès. Il savait que j'étais à New York, il m'a appelé.

— Oh !

Mon demi-frère, ami avec mon ennemi juré. Je m'en doutais un peu. Je ne fus pas surprise qu'aucun d'eux ne m'en ait touché un mot.

— Rocco te fait part de son regret de n'avoir pas pu venir. Il est en Italie, c'était un peu loin pour arriver à temps.

Je souris malgré moi.

— C'est ma faute, j'ai remplacé la mariée in extremis.

— Besoin d'aide ?

J'hésitai une fraction de seconde à lui demander de commander un hélicoptère pour filer de là, avant de me raviser.

— Non, merci, Javier. Ce n'est que la conséquence de mes actes. J'assume.

Mon demi-frère haussa les sourcils.

— J'espère que cela figurera dans tes vœux de mariage...

— Qu'est-ce que le mariage, pour toi ? demandai-je tout à trac.

— Pour notre mère, c'est une entreprise lucrative. Moi... Je ne suis pas certain de pouvoir te répondre.

— Vraiment ?

— Je ne crois pas à l'amour, *hermanita*, dit Javier, les yeux dans le vague. Du moins, pas à celui des contes de fées. Je crois à la loyauté et à la famille. Là, il y a de l'amour. De mon point de vue, le mariage ne sert qu'à donner à l'appétit sexuel une allure convenable. C'est un moyen pour l'homme de garder la femme auprès de lui et de s'assurer ainsi que sa progéniture est bien la sienne.

— Très romantique, commentai-je sèchement, songeant à la *progéniture* que j'allais mettre au monde.

— Pourquoi l'épouses-tu ?

Je levai les yeux au ciel.

— Progéniture...

— Ah ! félicitations.

— Tu ne le penses pas.

Javier me rendit mon petit sourire. Ses yeux brillaient d'un éclat familier que le miroir m'avait renvoyé plus d'une fois. Étrange. J'avais toujours cru que ce tempérament me venait de mon père. Or Javier et moi partagions la même mère. Je me demandais à quel point cette force chez elle m'avait échappé, tant elle était camouflée avec soin sous une douceur qui m'avait toujours semblé un signe de faiblesse chez une femme.

— Mais si, Florence. Il faut des héritiers pour perpétuer un héritage.

Les portes du sanctuaire s'ouvrirent sur ces entrefaites. Mon frère me présenta son bras.

— Laisse-moi te conduire jusqu'à l'autel.

— Pour me confier aux bons soins de mon futur mari ?

— La décision t'appartient. Je ne suis là que pour te seconder si tu éprouves soudain le besoin de fuir.

La musique avait changé. Nous nous mîmes en marche.

Fuir.

Le mot résonna en moi comme nous faisions nos premiers pas dans la longue allée centrale. Je levai les yeux. Là-bas, tout au bout, Hadès me regardait d'un air sévère. Tel qu'en lui-même, le monstre impitoyable qui avait proféré des menaces à mon encontre en guise de demande en mariage.

L'ange vengeur qui surgissait dans ma chambre d'hôtel, prêt à faire valoir ses droits sur mon corps. Le concurrent avec lequel j'avais ferraillé dans des salles de conférences. L'homme auquel je m'étais abandonnée dans des chambres à coucher...

Hadès avait tant de visages. Fuir ne résoudrait rien.

Il allait être maintenant le père de mon enfant, et j'avais le plus grand mal à assimiler la chose. Cela supposait que je me fasse d'abord à l'idée que j'allais moi-même devenir mère...

Très vite, trop vite, nous arrivâmes devant l'autel.

Hadès me tendit la main. Je la pris. Pas le choix. Le pacte avec le diable avait déjà été conclu. Scellé peut-être d'un baiser, dix ans plus tôt, le soir de mon dix-huitième anniversaire. Mon destin s'était joué là. Avec une issue inévitable.

Nous étions voués à commettre une négligence un jour ou l'autre. Grossesse, fuite dans la presse ou tout autre chose, qu'importe, la destruction était au bout du chemin. L'essentiel était maintenant de préserver le bébé que nous avions créé. Coûte que coûte.

Serait-il élevé par des nounous ? Tandis qu'Hadès et moi continuerions à batailler l'un contre l'autre ? Peut-être l'emmènerais-je au bureau avec moi.

J'allais être exposée en tant que femme. Une P-DG enceinte, tombée de la façon la plus primaire qui soit, pour avoir couché avec son rival et l'avoir épousé ensuite. Je ne pouvais plus espérer tracer mon chemin dans ce paysage en robot intouchable.

J'avais commis une erreur. La plus grosse qui soit, diffusée dans le monde entier en direct. Après l'annulation du mariage d'Hadès, j'allais être portraiturée en briseuse de ménage, que Jessica parvienne ou non à contrôler le scénario. Certains se réjouiraient du spectacle offert par notre couple, d'autres ne se priveraient pas de ricaner. Cela ne dépendait plus de moi. Je pouvais lâcher prise.

Et là, au cœur du désastre, un sentiment de liberté inattendu m'envahit pour la première fois de ma vie.

Les yeux noirs d'Hadès captèrent les miens, et mon ventre se contracta. Non, ce n'était pas la première fois. J'avais déjà trouvé cette même libération dans l'abandon, entre les bras d'Hadès. Je n'avais pas compris que je pouvais vivre ma vie de cette façon, voilà tout. J'avais perdu le contrôle, je n'avais donc plus à me démener pour le garder. Fini les efforts désespérés pour rester maître du jeu…

Je tournai la tête vers les travées. Les amis et la famille de Jessica étaient tous là pour assister au spectacle. Alors, je leur en donnerais un. C'était la seule façon de vivre ce moment.

Je serais l'opposé de celle que j'avais été jusqu'à maintenant. Je serais douce. Dépassée par l'émotion. Ce personnage ne serait pas difficile à jouer. J'étais en colère, effrayée, mais aussi… fascinée par Hadès. Comme toujours.

Mes sentiments envers lui étaient complexes. Le mot de *haine* que j'avais voulu poser sur eux était trop court, trop simple. Aujourd'hui comme hier se jouait quelque chose de plus grand que nous deux réunis. Et je fis de mon mieux pour le montrer.

Une chose dont nous n'étions jamais à court, c'était la passion. Je fixai Hadès avec toute celle que j'avais en réserve pour lui et je sentis un frisson parcourir l'assemblée. Notre alchimie était indéniable. Cela, c'était une certitude, et mon espoir était que le public ici présent dans l'église juge comme moi ce moment à la fois essentiel et inévitable.

Je vis une flamme sombre s'allumer dans ses yeux. Il partageait mon impression.

Bien.

Quelque part, j'avais envie de le punir. Ici, devant tout le monde. Il était prêt à jurer amour et fidélité à une autre quelques minutes plus tôt. Moi, qui luttais depuis des semaines contre ma détresse d'être la femme méprisée, je me faisais par avance une joie de lui rappeler ce qu'il avait failli perdre.

Le prêtre entreprit de réciter des formules de mariage des plus classiques, qui auraient pu tout aussi bien convenir à Jessica et Hadès. À quoi bon m'en formaliser ? J'avais trouvé au fond de moi un soupçon de sang-froid que je n'aurais cédé pour rien au monde. Hors de question qu'Hadès me voie m'effondrer.

Je prononçai les vœux qui me donnaient à lui publiquement.

Des vœux que je gardais depuis dix ans, renonçant aux autres hommes, m'accrochant à lui et à lui seul tout en me racontant qu'il était mon ennemi juré.

Il avait failli en épouser une autre. Cette idée me crucifiait. Ce n'était pas juste, sans doute, puisque je me voyais moi-même épouser quelqu'un d'autre, un jour ou l'autre...

Pour autant, il m'avait fait très mal. Mais à présent j'étais là, et c'était moi qui portais son bébé. C'était moi qui l'épousais.

Le moment était venu de nous embrasser. Je connus un instant de vraie frayeur. Quel effet cela me ferait-il d'embrasser Hadès devant tous ces gens... et de devoir m'en tenir là ?

C'était une première. Pour nous, les baisers n'avaient jamais été une fin en soi. Et jamais ils n'avaient eu lieu en présence de témoins. Nous nous embrassions en privé, derrière des portes verrouillées. Lorsque nous savions que ce baiser serait du petit bois pour une flambée que nous laisserions vivre toute la nuit.

Hadès m'enlaça d'une main et de l'autre me saisit le menton. Mon souffle s'enraya. Lorsqu'il me touchait ainsi, j'étais perdue. Mon sang-froid me lâchait invariablement. C'était la fin de tout. Plus rien n'existait soudain que ces yeux noirs vrillés dans les miens, cette étreinte autoritaire, la promesse de ce qui suivrait, plus tard.

Notre mission en cet instant n'était pas de fabriquer un baiser pour la foule. C'était de trouver un moyen de nous empêcher de nous révéler entièrement.

Le baiser d'Hadès se révéla sensuel, charnel, passionné. Nous n'en connaissions pas d'autre sorte. Je le lui rendis, car ma volonté m'abandonnait déjà. Ne pas succomber au désir violent qui nous jetait l'un vers l'autre m'était impossible. À la vérité, nous aurions maîtrisé ce désir fou depuis longtemps, si nous l'avions pu. Trouver le contrôle à ce stade aurait rendu dérisoire tout ce que nous avions traversé jusque-là. Mais bien sûr, nous n'en étions pas capables. C'était un soulagement de rendre les armes. Et de prouver ainsi que nous n'avions pas d'autre choix, aujourd'hui comme hier.

Lorsque nous nous détachâmes enfin l'un de l'autre, Hadès respirait avec la même difficulté que moi. Notre baiser n'avait pas été une mise en scène, je le savais, même si la femme blessée en moi voulait y voir un trophée.

À ma vive surprise, Hadès s'adressa alors à l'assistance.

— Mon épouse et moi-même ne resterons pas pour la réception. Nous avons à discuter de choses importantes. Néanmoins, je vous invite tous à profiter de la pièce montée et de la fête.

Là-dessus, il me prit la main et m'entraîna dans l'allée centrale vers la sortie. J'entendis des pas précipités derrière moi et jetai un regard par-dessus mon épaule. Sarah nous suivait de près, mon frère sur les talons. Nous arrivâmes tous les quatre ensemble dans le vestibule de l'église.

— Rien ne t'oblige à partir avec Hadès, déclara Sarah.

— Bien d'accord, renchérit Javier.

— Je pars avec lui, dis-je en souriant. Merci d'être ici à mes côtés.

Hadès considéra tour à tour Sarah, puis Javier.

— Vos natures protectrices sont admirables, mais Florence a fait son choix aujourd'hui. Et elle le sait.

Exact. Subitement, tout devenait clair. Au fond de moi, j'avais toujours su ce qui arriverait. Je savais qu'il n'épouserait jamais Jessica si je portais son bébé. Je savais qu'il se sentirait obligé de reconnaître l'enfant. Hadès était ainsi. Un homme d'affaires dans l'âme, en toutes circonstances. Pour lui la prise de possession était la valeur suprême.

Il avait pris possession de moi. Il avait pris possession d'un bébé. D'un coup d'un seul. Mais j'avais aussi pris possession de lui.

C'était réciproque. Cela l'avait toujours été entre nous. Je n'avais rien d'une demoiselle en détresse, sans défense. La toute première fois, c'était moi qui étais allée le chercher. C'était moi qui avais exprimé haut et fort ma volonté de concrétiser dans la vraie vie notre attirance l'un pour l'autre.

J'avais un pouvoir bien réel dont je ne mesurais pas l'étendue en décidant de me rendre à l'église. Oui, un pouvoir bien plus grand que je ne m'étais autorisée à le croire jusque-là.

— Tout ira bien, affirmai-je.

— Plus que bien même, pour toi, renchérit Hadès en m'invitant à sortir sur le parvis.

Nous descendîmes les marches du perron vers la limousine qui venait de se ranger le long du trottoir. Je m'aperçus avec un temps de retard qu'il y avait des paparazzis partout. Les flashs crépitaient de tous côtés ...

Hadès glissa un bras autour de ma taille et me serra contre lui, une main calée sur le toit de la limousine.

— Tu as gagné, dit-il.

Il reprit mes lèvres. Et j'oubliai tout.

8

Trop épuisée pour formuler une phrase intelligente, je gardai un silence prudent dans la limousine et me bornai à regarder par la vitre les gratte-ciel défiler.

— Pas de questions, *agape* ?

— Qu'entends-tu par « tu as gagné » ?

Où était donc ma victoire ? On m'avait obligée à prononcer mes vœux, et maintenant je suivais Hadès vers la destination qu'il avait choisie seul...

Il me regarda, et un instant je crus discerner comme une fissure dans l'armure.

— Tu ne voulais pas que j'épouse Jessica.

— Non, Hadès. Je me moque de ce que tu fais ou de qui tu épouses. Ce qui m'importe, c'est que tu ne m'aies rien dit. Ce qui m'importe, c'est que tu aies cru que je ne le prendrais pas mal si tu épousais quelqu'un d'autre. Ce qui m'importe, c'est que je voyais en toi mon égal alors que tu me traitais comme une prostituée !

— Jamais de la vie, gronda-t-il. Tu supposes que je pouvais tout arrêter, Florence. Et c'est là que tu te trompes. Tu as gagné parce que mes plans méticuleux ne valaient rien, au bout du compte. À cause de toi.

Ces mots me nouèrent l'estomac. Une rage sourde montait en moi. Un profond malaise. Je ne réagis même pas en constatant que nous étions arrivés à l'aéroport. J'avais besoin d'un moment. Pour respirer. Sans me battre contre lui ni tenter de comprendre ce que je devais faire ensuite.

Une fois à bord du jet, celui-là même dans lequel nous avions fait l'amour un jour, je me décidai à l'interroger sur ses intentions.

— Où allons-nous ?

— En Suisse.

— Un pays neutre, pour faciliter nos échanges ?

— Non, je possède un chalet là-bas, complètement isolé et accessible seulement en hélicoptère. Les placards sont bien garnis. Il sera notre refuge le temps que la tempête s'apaise d'ici la fin des congés. N'est-ce pas romantique ? Une lune de miel à Noël, loin de tout...

Mon estomac se contracta un peu plus. Il n'y avait pas si longtemps, je rêvais de ce long mois de fête avec lui à New York. Le destin en avait décidé autrement.

Nous allions nous retrouver enfermés tous les deux entre quatre murs. Assez grands sûrement pour que nous évitions de croiser si nous n'en avions pas envie, cela dit. L'idée n'éveilla pas chez moi le même frisson d'aise que deux mois plus tôt.

— Nous avons six heures avant l'atterrissage, dit Hadès. Cela nous laisse le temps de faire le tour de ce qu'il te faut.

— Je n'ai pas dormi...

— Eh bien, dors, si tu en as besoin.

En serais-je seulement capable, après les événements du jour ? J'étais épuisée, à deux doigts de m'évanouir dans mon siège, mais l'électricité vibrait dans mes veines. Et je n'allais tout de même pas le laisser me dicter ma conduite en plus de tout le reste !

— Non, dis-je. Quel est le plan ? Tu t'attends sérieusement à ce que nous restions mariés pour toujours ?

— Je ne vois pas ce qui nous en empêcherait. C'est assez logique. Nous pouvons faire en sorte que cela fonctionne. Quel intérêt de rester concurrents comme avant ? Cela ne pourrait mener qu'à une destruction mutuelle. Sincèrement, je ne veux pas te détruire, Florence.

— Alors, que veux-tu au juste ?

Hadès haussa un sourcil.

— Je veux gérer la situation sans que nos empires s'effondrent. Il serait préférable que tu aides à la manœuvre, plutôt que de l'entraver.

— Hadès, je porte ton bébé. J'ai choisi de le garder. J'ai choisi de te le dire, alors que rien ne m'y obligeait. J'ai choisi de me conduire de façon digne et intègre. À l'église, j'aurais pu m'échapper. Un mot de ma part, et mon frère m'aurait emmenée loin de New York, tu l'as vu. Et j'ai choisi de t'épouser. Tu devrais te demander pourquoi.

— Parce que je t'ai menacée…

— Parce que c'était dans mon intérêt. Tu me sous-estimes trop souvent, Hadès. C'est moi qui ai la main ici. J'aurais pu te barrer l'accès à cet enfant, tu le sais très bien. J'aurais pu te laisser épouser Jessica et fonder une famille avec elle.

— Non, tu n'aurais pas pu, rétorqua-t-il en me regardant droit dans les yeux. Sans cela, tu l'aurais fait. Tu n'as pas supporté l'idée qu'elle m'ait pour elle.

— Espèce de… J'ai appris tes fiançailles dans la presse ! C'était cruel au possible, et tu l'as voulu ainsi. Tu… Alors parlons-en, Hadès, dis-je soudain en me levant. Parlons de ce qui fait de toi le diable en personne.

— Toi et moi avions une relation purement sexuelle, dit-il d'un ton détaché, le regard vide. Je ne t'ai jamais promis fidélité sur quelque plan que ce soit. Je n'ai rien promis à Jessica non plus. Lorsque je t'ai dit que mes fiançailles ne changeraient rien, c'était sincère.

— Mais tu ne m'as pas expliqué…

— Étant donné la nature de notre relation, je pensais que ce n'était pas important.

Je serrai les dents.

— Tu as traité la question comme un simple dossier professionnel. Le P-DG du sexe que tu es n'attachait aucune valeur à l'opinion de la subordonnée que je suis. Tu ne m'as jamais vue comme un être humain, n'est-ce pas ?

Hadès détourna les yeux.

— Tu l'as dit toi-même, je suis le dieu de l'Enfer. Et pense, Florence, que ce prénom me vient de mon père. Que cela témoigne de ce qu'il pensait de moi, ou de ce qu'il espérait que je devienne, peu importe, je n'ai pas été élevé dans le moule d'un homme bien. Je n'ai jamais prétendu l'être, du reste. Toi... tu es venue à moi, trop jeune, trop ingénue. J'aurais dû te dire non.

— Mais tu ne l'as pas fait. Pas une seule fois en dix ans.

— Je plaide coupable, concéda-t-il, les yeux luisants. Et tu persistais à revenir.

C'était la vérité. La désolante, la terrible vérité. Nul n'était innocent ici. Nous nous étions servis l'un de l'autre sans jamais avoir le loisir d'apprendre à nous connaître mutuellement. J'avais fait passer ma compagnie, ma réputation, avant une éventuelle relation avec lui.

À l'époque je me soupçonnais d'être aussi froide et détachée que lui. La froideur m'était complètement étrangère aujourd'hui. J'étais blessée, à vif.

— C'est le prix à payer, je suppose, commentai-je posément.

Il alla se servir un verre de whisky et revint s'asseoir en face de moi.

— Et quel prix, en effet ! Vas-y, passe tes nerfs sur moi. Qu'on en finisse.

Il avait prononcé ces mots avec désinvolture, très maître de lui, comme si rien de tout cela ne le touchait. Comme si mes émotions n'étaient qu'un désagrément éphémère qu'il acceptait de tolérer, pour un instant seulement.

— C’est vraiment ce que tu penses ? Que je suis en colère et que j’ai besoin de me défouler ?

Ce n’était pas faux, mais c’était un peu trop simple. Évidemment, je n’avais même pas encore commencé à démêler l’écheveau de mes émotions, si bien que j’avais la sensation d’avancer sur un terrain miné.

— On dirait bien que c’est le cas, déclara Hadès.

— Et toi, qu’as-tu ressenti ?

Je me heurtais à un mur impénétrable avec lui, et cela me rendait folle. Je le connaissais en affaires et au lit. Entre les deux, il avait obtenu de moi tellement plus qu’il ne m’avait donné ! Car j’avais abattu mon jeu, n’est-ce pas ? Je lui avais montré mon désarroi à la nouvelle de ses fiançailles. J’étais allée le trouver dans son bureau et lui avais offert sur un plateau ce moment d’égarement. Et, si j’avais regagné un soupçon de pouvoir en lui rappelant que j’avais choisi de lui révéler ma grossesse, c’était moi qui avais donné de mon cœur. Et lui, que m’avait-il donné ?

Rien.

Un orgasme…

Un enfant.

Le prix à payer.

Et je n’avais toujours aucune idée des sentiments qui l’animaient. Peut-être aucun. Passé le soulagement, j’avais été effarée par son échange avec Jessica sur la meilleure façon d’exploiter la rupture de leurs fiançailles. Ils étaient l’un et l’autre si rationnels. Si secs. À croire qu’ils étaient de pierre.

Ce n’était pas mon cas. Je le savais maintenant. Moi, j’étais tissée de sentiments dont je ne voulais à aucun prix.

— Quand donc ? demanda Hadès.

— Lorsque je t’ai dit que je ne te verrais plus après ton mariage. Comment l’as-tu pris ?

Il se renversa contre son dossier, une ombre masquant en partie son visage si beau. Des pommettes hautes, une mâchoire carrée, cette bouche qui m'avait procuré tant de plaisir. L'air me manquait dès que je posais les yeux sur lui.

— Je savais que tu n'aurais jamais la force de tenir cet engagement. Si tu avais su te contrôler, *agape*, tu l'aurais fait depuis longtemps.

Là-dessus il s'octroya une gorgée de whisky avec une arrogance tranquille.

— Tu te trompes, dis-je. Je ne t'aurais jamais partagé. As-tu idée de la colère qui m'a saisie à l'idée que tu avais couché avec moi alors que tu projetais déjà d'épouser quelqu'un d'autre ?

— Tu prenais mal le fait que je couche avec une autre pendant la période où nous étions ensemble ?

— Évidemment ! Je n'imaginais pas que tu te fiancerais sans au moins m'en toucher un mot. Cela dit, je n'ai jamais prétendu avoir un droit d'exclusivité sur ton corps, Hadès.

Il fronça les sourcils.

— Ainsi, c'est la trahison sentimentale - supposée - qui te tracasse ? Alors même que nous n'avons jamais eu de vraie relation, toi et moi ?

— Oui.

— Sois rassurée, Florence, je ne l'aimais pas. Je ne couchais pas non plus avec elle.

Je m'accordai un temps pour assimiler cette information. J'avais compris à ce stade qu'il n'aimait pas d'amour cette femme, si belle pourtant, mais l'idée qu'ils n'avaient pas couché ensemble ne m'était pas venue.

— Pourquoi ne me l'as-tu pas dit ?

Le masque se fissura de nouveau, me donnant à voir une expression sauvage, d'une intensité réservée à nos ébats en temps normal.

— Parce que. Il aurait mieux valu que tu restes à l'écart. Tu ne crois pas ? Il aurait mieux valu que je l'épouse et que je te tienne à distance de moi.

Cette intensité m'était familière dans nos duels professionnels ou nos jeux érotiques. Jamais dans nos discussions. D'ailleurs nous ne discutions pas vraiment. Nous ne partagions rien de nous-mêmes – seulement nos corps.

— Si tu penses vraiment cela, pourquoi m'as-tu épousée ? Et ce jour-là dans ton bureau... Pourquoi m'as-tu prise ? Puisque tu comptais te marier pour te débarrasser de moi... Si tu t'étais abstenu, et si tu avais pensé au préservatif, nous n'en serions pas là aujourd'hui.

Vif comme l'éclair, Hadès fondit sur moi, et sa grande main se posa sur ma gorge.

— Si j'avais pu, je me serais abstenu. Exactement comme toi. Tu sais cela.

Ces mots agirent comme un baume sur les plaies de mon âme. Il m'était facile de croire que la passion était moins vive pour lui que pour moi. Facile de croire qu'il avait des maîtresses à droite à gauche, que je n'étais qu'un plaisir parmi d'autres pour lui. Mais son visage, en cette seconde, racontait une histoire tout à fait différente.

J'étais réellement sa honte. S'il n'était pas esclave comme moi de son désir, il ne me toucherait jamais. Mais il m'avait touchée, encore et encore, pendant des années... J'avais un certain pouvoir ici. À moi de m'en souvenir.

— En effet, dis-je. Alors pourquoi me jeter ces accusations à la figure, si tu sais que tu ne vaux pas mieux ?

Ses lèvres s'incurvèrent. Il alla se rasseoir en face de moi, visiblement détendu. Mon cœur battait fort. Pas de peur.

De désir.

Car c'était toujours pareil. Quand bien même c'était amoral, obsessionnel, toxique... Si nous avions pu arrêter, nous aurions arrêté.

— Je me maîtrise en toutes circonstances, Florence, déclara-t-il après une nouvelle gorgée de whisky. Je comprends que tu n'en aies pas conscience, car l'unique exception à cette règle, c'est toi. Depuis le début. Le tout premier soir, je savais déjà que te toucher était une erreur. Si mon père l'avait découvert… Disons simplement que la punition n'aurait sans doute pas valu le plaisir que j'ai éprouvé dans tes bras. Et pourtant. J'ai recommencé, encore et encore. Je me suis autorisé à te prendre même en sachant qu'il ne fallait pas. Le testament de mon père m'a offert une échappatoire. Une fois le délai écoulé, il m'a fallu choisir une épouse, et j'ai trouvé en Jessica une personne tenue comme moi par des obligations extérieures. Elle ne cherchait pas l'amour, mais un brin de nouveauté pour raviver son image. Moi, je devais satisfaire aux conditions du testament.

Pendant ce discours j'observais, fascinée, sa façon de bouger, de parler. Cette conversation était la plus longue que nous ayons jamais eue…

J'avais très envie de combler ce fossé entre nous. Seulement le risque était trop grand. Et si je me trompais, s'il n'éprouvait pas les mêmes émotions que moi ? Je pressentais que mes sentiments étaient bien plus profonds que les siens. Les nommer était au-dessus de mes forces. Je m'y refusais absolument.

De l'amour ? Non, sûrement pas. Cela tenait du délire d'une femme soucieuse d'attribuer son comportement à une cause plus noble que de simples pulsions primaires. Nous ne nous connaissions pas vraiment, lui et moi. Et le peu que je savais d'Hadès n'incitait pas au romantisme. Le sexe n'était pas l'amour. Le respect en affaires non plus. J'en avais parfaitement conscience.

Subitement, mon esprit buta sur un point précis, qu'il n'avait pas développé.

— Comment ça, ton père t'aurait puni ?

— Mon père gérait sa compagnie comme sa maisonnée d'une poigne de fer. Ma mère ne ressemblait pas à la tienne, Florence. Lorsqu'elle est partie, ce n'était pas en quête d'aventure. Elle recherchait la sécurité. La paix. Si elle avait emmené dans ses bagages l'héritier du nom, mon père l'aurait traquée jusqu'à la nuit des temps. Pour assurer sa sécurité, elle était obligée de me laisser. Et, privé de sa cible favorite dans ses accès de rage, mon père s'est concentré sur moi, par nécessité.

Je ne sus que dire en apprenant cette horreur. De tout ce que j'avais pu imaginer sur sa relation avec son père, l'hypothèse de violences physiques ne m'avait même pas effleurée.

Aucune rumeur n'avait filtré dans les médias.

Hadès, si fort, si fier, impénétrable même parfois, battu par son père ! C'était à peine concevable. La colère en moi fit place à la stupeur… et à la tristesse infinie. Je n'en avais rien su.

Mon propre père, qui détestait cordialement son rival, avait été étrangement bouleversé par son décès en pleine force de l'âge. Deux ans plus tard, il succombait à son tour d'une crise cardiaque. Il y avait sans doute une leçon à en tirer sur les effets du surmenage.

Une leçon qui restait hors de ma portée.

— Hadès…

— Ce n'est rien. Ne gaspille pas tes larmes, j'ai grandi en ayant accès à l'université et aux meilleurs modes de transport pour sillonner le monde, alors que tant d'enfants sur Terre affrontent des épreuves au quotidien…

— Ton père te frappait, et pour toi ce n'était pas une épreuve ? demandai-je, incrédule.

— Si je le pensais, j'irais peut-être consulter. En l'état, je vais bien.

En contemplant l'être impénétrable, si sûr de lui en apparence, assis en face de moi, je ne pus m'empêcher de me demander comment il pouvait croire qu'il allait bien. Et comment avais-je pu le croire moi-même ?

Un mur fait homme. Parfois, le mur se fissurait. Alors le feu jaillissait.

Étais-je si différente ? Tout comme lui, je compartimentais

les choses… J'éprouvais sans doute le besoin de me protéger moi aussi, mais ce besoin n'était pas né de violences subies dans l'enfance.

— Je suis désolée, dis-je. Si j'avais su… Depuis le temps que nous nous connaissons ! Tu avais vingt et un ans la première fois…

— Tous les prétextes lui étaient bons pour me taper dessus. Et je le laissais faire, parce que… Il m'avait dit qu'il irait trouver ma mère pour la tuer si je le contrariais. Je n'avais aucune raison de ne pas le croire.

— Pourquoi m'en parles-tu seulement maintenant ?

— Parce que nous venons seulement maintenant de décider d'avoir une vraie conversation. Tu dois connaître le genre d'homme que tu as épousé. Mon père n'était pas quelqu'un de bien. Je n'ai jamais aspiré à un mariage fait de fougue et de grandes émotions. Plus rien ne sera pareil entre nous désormais.

Je tentai d'assimiler ces mots. De leur donner un sens.

— Tu crois que la passion va subitement nous déserter ?

— Nous devons trouver un mode de vie qui nous permette de travailler ensemble. La situation a changé. Jusqu'ici nous étions concurrents, nous avions l'habitude de batailler. Ce n'est plus possible. Nous allons devenir parents.

— Je comprends.

— Je ne sais pas comment être un bon père.

Ces dernières paroles résonnèrent comme un avertissement, après ce qu'il venait de confesser sur son géniteur. Toutefois, même meurtrie par son attitude, je n'arrivais pas à voir en lui un monstre semblable à celui qu'était son père. Oui, il m'avait fait du mal, mais jamais il n'aurait levé la main sur moi.

— Et moi je ne sais pas comment être une bonne mère, rétorquai-je. Au moment de te dire oui à l'église, j'ai pris conscience que nous étions aussi mal armés l'un que l'autre pour faire face à cette situation, mais c'est ainsi, nous trouverons un moyen pour que cela fonctionne.

— Il faudra bien. Parfois je me dis que mon père m'a imposé d'avoir un enfant pour que je lui transmette la souffrance qu'il m'a infligée. Il m'a déclaré un jour que je comprendrais, en devenant père, à quel point c'est éprouvant. À quel point il est difficile de façonner un enfant dans le moule qu'on croit nécessaire.

— Ton père était faible, Hadès. Et les faibles se sentent obligés de gouverner en tyrans. Ce n'est pas ta faute. Je ne t'ai pas toujours porté dans mon cœur, Hadès, mais mon respect pour toi, pour le brio que tu démontrais dans la compétition, n'a jamais varié. C'était un plaisir d'en découdre avec toi plutôt qu'avec n'importe quel autre adversaire facile à terrasser. Et toi aussi tu aimes le combat, mais tu n'es pas une brute. La différence est de taille. À la vérité, tu n'as jamais vraiment cherché à m'anéantir, parce que ta joie était ailleurs.

— Je ne toucherai jamais notre enfant sous le coup de la colère. Tu as ma promesse.

Je le crus sur parole. Il avait assez souffert avec une mère qui l'avait abandonné pour sauver sa peau et un père qui se défoulait sur lui à coups de poing. Quelle désolation ! Pour lui, pour l'enfant qu'il avait été, pour l'homme qu'il était aujourd'hui...

S'il avait été mon ami pendant tout ce temps, j'aurais peut-être perçu sa douleur, mais j'étais trop occupée à le voir comme un objet de désir. Et plus tard, comme un rival.

— Nous allons fusionner les compagnies, déclara Hadès tout à trac. Il n'y a pas d'autre solution.

— Je n'aime pas ça...

— Réfléchis. Cet enfant héritera un jour de ta compagnie et de la mienne. Quel intérêt de s'échiner à les gérer comme deux entités séparées durant les trente prochaines années ?

Il avait raison... mais il semblait chercher à détourner la conversation du terrain personnel.

— Et la fidélité ? dis-je.

— Aucun rapport avec nos entreprises...

— Les congés de Noël viennent de commencer, nous sommes en voyage de noces, l'organisation des sociétés peut attendre.

— Je n'aurais jamais imaginé entendre ce discours de ta part...

— Et moi je n'imaginais pas me marier, encore moins mettre un enfant au monde, jusqu'à hier.

— Nous devons nous accorder sur le sort de nos compagnies et publier un communiqué conjoint d'ici demain, Florence.

— Pourquoi ?

— Parce que c'est important pour éviter que circulent des rumeurs ou des accusations laissant entendre que la situation nous échappe. Ne comprends-tu pas ? Je viens de conclure un contrat avec le gouvernement. Rien ne doit paraître suspect.

Je perçus chez lui une intensité que je lui connaissais dans les réunions d'affaires, mais avec une tonalité inhabituelle. Était-ce lié à ce que je venais d'apprendre sur son père ? La moindre erreur se soldait par des punitions... Il se comportait aujourd'hui comme s'il devait encore payer de sa personne la plus petite défaillance.

— Dans ces conditions, dis-je, va pour la fusion.

Je me sentais lâcher prise, mais ce n'était pas un accès de faiblesse. En consentant à sa victoire, je m'ouvrais un chemin vers l'apaisement. Je prenais ce moment pour en faire quelque chose de meilleur. Comme tout à l'heure au pied de l'autel, je pressentais que cet abandon de pouvoir recelait quelque chose de puissant, de libérateur.

Je me voyais depuis toujours avec une colonne vertébrale faite d'acier. Même lorsque je pliais face à mes parents, ma personne demeurait intacte, et c'était une force. Hadès, lui, restait campé sur ses positions. Un réflexe dont il ne parvenait pas à se défaire.

— Il faut que nous ayons un pouvoir égal dans l'entreprise, ajoutai-je.

Hadès fronça les sourcils.

— Ma compagnie a une valeur supérieure à la tienne.

— Peu importe.

— Ce n'est pas ainsi que cela fonctionne...

— J'ai travaillé trop dur pour tout te livrer sur un plateau, répliquai-je.

— Il fallait y penser avant de rendre les armes comme tu l'as fait dans mon bureau.

— Lequel de nous deux a rendu les armes ce jour-là, sincèrement, Hadès ?

Ses lèvres s'incurvèrent. Il hocha la tête.

— Nous aurons des pouvoirs équivalents.

— Bien ! Allons, tu ne t'élèverais pas au-dessus de moi en usant de chantage... Tu n'irais pas jusqu'à me ruiner si tu en avais l'occasion, j'en suis sûre. Encore une fois, tu n'es pas une brute. Tu ne veux pas d'un pouvoir incontesté. C'est le combat qui t'intéresse, parce qu'il te rend meilleur, et tu le sais. Nous nous sommes toujours fortifiés l'un l'autre, le fer aiguisant le fer...

Hadès pouffa.

— Peut-être, dit-il, mais d'après mon expérience, lorsque deux têtes brûlées s'affrontent, c'est rarement sans douleur.

Je me tus, songeant au traitement que lui infligeait son père. Et moi qui croyais ce bourreau fier de son fils !

— Raconte-moi, dis-je dans un murmure.

— Si tu y tiens... Le pire est toujours ce qui finit par envahir l'esprit. Le corps peut apprendre à encaisser, mais lorsqu'on se retrouve enfermé pendant des jours... Lorsque ton père t'offre des cadeaux pour le seul plaisir de les détruire une fois que tu t'y es attaché...

Son sourire me fendait le cœur.

— Il adorait Noël, poursuivit Hadès. Il organisait une grande fête pour ses clients. Il plaçait aussi sous le sapin de jolis paquets enrubannés. Parfois aucun n'était pour moi, mais il m'arrivait d'en trouver quelques-uns. Une année il a brûlé les miens dans le jardin, encore tout emballés. Le pire je crois, ajouta Hadès en fronçant les sourcils, c'est que je n'ai jamais su ce qu'il y avait à l'intérieur.

— C'est ignoble. Il n'est pas nécessaire d'avoir eu un père décent pour savoir que tout cela est abject et que tu ne feras jamais une chose pareille.

— Jamais, confirma-t-il en secouant la tête.

Un silence s'installa entre nous. Ce n'était pas sans danger car, à la seconde où nous cessions de parler, l'atmosphère se chargeait de tension.

— À propos de notre mariage, Hadès...

— Oui ?

— Je ne veux pas te partager.

Il me lança un regard apitoyé.

— Tu le regretteras plus tard, lorsque tu te seras lassée de nos combats. Lorsque tu en auras assez de devoir composer avec mes sautes d'humeur...

Ne pouvait-il simplement me dire ce qu'il voulait, au lieu de s'exprimer par énigmes ? Je n'y comprenais rien. Décidément, je connaissais bien mal cet homme que je fréquentais pourtant depuis des années.

— Qu'attendais-tu d'une épouse ?

— Je te l'ai dit, des enfants. Et aucune exigence en retour. Me marier pour me compliquer la vie, non, merci. C'était censé résoudre un problème. Rien de plus.

Je flanchai.

— Et je n'ai jamais été une solution idéale, n'est-ce pas ?

— Non, grogna Hadès. Si tu penses que tout ça m'arrange, tu te trompes.

J'étais encore désolée pour lui, mais cela ne lui donnait pas le droit de se montrer blessant juste pour réinstaurer une distance entre nous.

— Je suis fatiguée, dis-je en me levant. Je vais me coucher. Ne bouge pas, je sais déjà où est la chambre.

Je m'éclipsai sans attendre sa réaction. Tout était déjà bien assez confus dans ma tête, j'avais besoin de calme. Je lui en voulais pour cette humanité qu'il m'avait montrée. Je préférais voir en lui le diable. Car alors, je pouvais le combattre sans pitié.

9

Je me réveillai pendant l'atterrissage en Suisse. Je restai un moment désorientée, avant qu'une nausée me rafraîchisse la mémoire. J'étais enceinte… et j'avais épousé Hadès. Je n'eus pas le loisir de m'appesantir sur ces événements. La porte de la chambre s'ouvrit.

— Tu te sens bien ? me demanda Hadès.

— Pas spécialement.

Avant d'aller dormir j'avais enfilé un survêtement luxueux trouvé dans l'armoire, en me refusant à me demander s'il était prévu pour Jessica ou pour moi. Je le troquai contre une robe elle aussi suspendue dans l'armoire, et peu après nous quittâmes le jet pour monter dans un hélicoptère cette fois.

Je ne pus m'empêcher d'agripper le bras d'Hadès comme l'engin un peu pataud s'élevait dans les airs. Il posa sa main sur la mienne, un geste si réconfortant que j'en eus les larmes aux yeux malgré moi. Ce n'était pas une bonne idée de devenir émotive à son contact, alors qu'il ne tenait pas réellement à moi. La connexion physique était bien réelle entre nous, mais nous n'avions jamais rien partagé de plus.

En vingt minutes l'hélicoptère se hissa au sommet d'un pic enneigé tapissé de sapins couronnés de blanc. L'endroit parfait pour se faire oublier, avec un panorama sur les Alpes absolument prodigieux.

Une brise glaciale me fouetta les joues dès mes premiers pas sur la terre ferme. Hadès me protégea de son grand corps jusqu'au chalet, dont il déverrouilla la porte à l'aide de son smartphone.

L'intérieur était magnifique. Partout du bois de pin, et d'immenses baies vitrées donnant sur les montagnes alentour. Il régnait ici un calme absolu. Nous étions comme nichés dans le silence, enveloppés dans un manteau blanc immaculé.

Pour la première fois de ma vie, j'étais seule avec Hadès, et ce n'était pas seulement pour quelques heures. Pour la première fois, nous n'avions pas à nous cacher. Le monde entier savait, pour nous.

Mais, vu d'ici, le monde extérieur semblait ne plus exister.

Contre toute attente, j'éprouvai soudain un élan de reconnaissance envers lui pour nous avoir emmenés dans ce chalet loin de toute civilisation.

Il pressa une commande invisible sur le mur, et la cheminée prit soudain vie. Je pouvais voir au travers de sa paroi vitrée les flammes danser là-bas dehors sur la neige. À une époque, j'aurais savouré ce moment. De longues journées en perspective et autant de nuits à explorer son corps... À tenter d'épuiser le désir qui brûlait entre nous avec constance...

Mais tout avait changé aujourd'hui. Nos retrouvailles n'avaient rien d'éphémère. Quelque chose de nettement plus durable nous était promis.

Je n'avais jamais rêvé de *toujours* avec Hadès. Cette idée, en un sens, m'apeurait. Ne plus pouvoir désirer un autre homme, finir mes jours seule parce que mon corps avait trouvé le sien et que mon cœur ne trouverait jamais personne. C'était aussi triste qu'inévitable.

Et voilà que nous étions mariés et en passe d'accueillir un enfant. Pourtant nous étions les deux mêmes personnes qui se donnaient des rendez-vous secrets dans une chambre et communiquaient seulement avec leurs corps. Nous n'étions pas préparés à ce qui nous arrivait.

Nous n'avions jamais partagé notre espace personnel. Toutefois, en regardant autour de moi, je me demandai s'il y avait quoi que ce soit de personnel ici.

— Depuis combien de temps possèdes-tu ce chalet ?

— Environ cinq ans, répondit Hadès en retirant sa veste de costume.

Je le regardai, fascinée, défaire ses boutons de manchette sur la chemise blanche et retrousser les manches sur ses avant-bras. Par le passé, ce geste aurait été une invitation très claire. Je n'avais aucune peine à imaginer ce qui se serait passé ensuite, quelques mois plus tôt à peine. Absolument tout dans son corps m'excitait. Ses avant-bras me plaisaient vraiment beaucoup.

Je m'efforçai de me concentrer sur l'information qu'il venait de me livrer plutôt que sur la plage de peau offerte à ma convoitise. Cinq ans déjà qu'il avait acquis ce chalet, et rien ne distinguait ce lieu des suites d'hôtel impersonnelles dans lesquelles nous avions séjourné ensemble.

— Le dîner devrait être prêt, annonça Hadès.

— C'est l'heure du dîner ?

Dans mon esprit, c'était encore le matin...

Je pris soudain conscience que depuis mon réveil vingt-quatre heures plus tôt j'avais changé de fuseau horaire, dormi environ six heures, puis de nouveau changé de fuseau horaire.

À ce stade, le temps était une notion toute relative.

— Oui, c'est l'heure du dîner, mais appelle-la donc comme tu voudras.

Nous allions partager un repas... Pendant un instant je crus que c'était une nouveauté importante, mais pas du tout ! Nous l'avions fait bien des fois, mais jamais assis face à face, autour d'une table. Les dîners traditionnels, les rendez-vous galants, ce n'était pas notre affaire. Nous mangions ensemble au lit.

À bien des égards, notre lien était plus intime que je n'avais voulu l'admettre. Hadès savait quel était mon plat préféré pour les commandes au service d'étage. Il ignorait en revanche ce que je choisirais dans un restaurant. Notre intimité était tout de même assez insolite.

Hadès me conduisit dans la salle à manger, où trônait une longue table en bois massif éclairée par deux candélabres. Les victuailles étaient étalées d'un bout à l'autre du plateau, comme si de nombreux invités avaient été conviés.

— Pas exactement un cheeseburger, dis-je en lorgnant les steaks, les pommes de terre et les légumes grillés disposés là en compagnie d'une corbeille de petits pains et d'un plateau de fromages et de charcuterie.

— Si tu préfères, je peux rappeler le personnel...

— Cela fera l'affaire, lâchai-je en m'appliquant à garder un ton sec.

Qui était donc le vrai Hadès ? J'étais en train de découvrir une troisième version, qui ne me semblait guère convaincante. Le vrai Hadès n'était pas tout à fait non plus le professionnel à l'œuvre dans les réunions d'affaires. Restait l'homme qui m'emmenait au lit, mais celui-là aussi avait ses secrets.

— Tout cela, dis-je, qu'est-ce que c'est ?

— Le dîner.

Il s'assit en tête de table, en seigneur, s'attendant peut-être à ce que je me place à sa droite. Pour lui témoigner mon mépris, je m'installai à sa gauche en laissant une chaise entre nous.

— Je vois bien que c'est le dîner, mais je ne suis pas sûre de comprendre toute cette farce. Tu ne peux pas faire semblant d'être civilisé avec moi, Hadès. Je sais ce qui te plaît. Tu fais semblant. Tous les jours, tu fais semblant. Et à la première occasion tu viens me retrouver dans ma chambre et tu m'attaches au lit. Tu n'es pas plus civilisé que moi.

— Tiens-tu vraiment à vivre de cette façon ? Moi non. J'ai

vécu avec un père qui n'avait guère de manières dans sa vie quotidienne. Mieux vaut se défouler dans la chambre à coucher plutôt que de se conduire en sauvages à table, tu ne crois pas ?

Il assimilait notre passion aux mauvais traitements infligés par son père ! Ce n'était pas juste. Ce que nous faisions était intense mais jamais violent. L'envie et le plaisir étaient partagés. Personne n'était victime de quoi que ce soit, et il le savait.

— Mange, dit-il.

J'aurais adoré lui rétorquer haut et fort que je n'avais pas faim. Hélas, ma nausée s'était insidieusement muée en fringale.

— Hadès... Tu comptais donc épouser Jessica Clare et... ne jamais coucher avec elle ?

— Bien sûr que si, puisque le but était de concevoir des enfants. Mais je n'avais pas spécialement envie d'elle. Cela dit, je suis un homme d'objectifs, avec une raison valable j'aurais su me motiver.

Je baissai les yeux sur mon assiette en souriant malgré moi.

— Je vois.

— Et toi, tu ne comptais pas te marier un jour ?

Je plissai le front.

— Si... À condition d'avoir trouvé quelqu'un qui ne t'aurait pas ressemblé. Un partenaire qui m'aurait offert une vie calme et douce, qui aurait soutenu mes ambitions et... qui n'aurait rien eu de commun avec mon père ni avec ma mère.

— Quelle ambiance douillette ! commenta-t-il, les lèvres pincées.

Je balayai des yeux la pièce à la décoration inexistante.

— C'est ça, ta conception du *douillet* ? Si oui, nous avons du chemin à parcourir...

— Tu es bien naïve. Le coin le plus douillet pour moi, c'est l'enfer. Tu ne l'avais pas encore compris ? Là, j'essaie juste d'être humain. J'aurais cru que cela te plairait, ajouta-t-il avec un sourire qui n'avait rien de chaleureux.

Je n'aurais su dire s'il forçait le trait pour se faire mieux comprendre, ou s'il était tristement sincère.

— Le scénario n'est toujours pas clair pour moi, Hadès. Nous nous sommes mariés une heure après l'avoir décidé, j'avais appris ma grossesse la veille... Je suis épuisée. Je n'arrive pas à imaginer l'avenir qui nous attend. Un enfant, Hadès. Toi et moi !

À ces mots, il me sembla le voir blêmir.

— Nous engagerons des professionnels, dit-il. Des experts en développement de l'enfant, des psychologues...

— C'est de cela qu'un enfant a besoin, selon toi ?

— Une chose est sûre, je sais ce dont il n'a pas besoin.

Son regard se perdit dans le vague.

— Mon père a fait de moi un grand *businessman*. Je n'ai qu'une faiblesse. Toi. Et cette faille m'inquiète bien plus que tout ce que je peux contrôler sans émotion. Dans les autres domaines de ma vie, je garde la tête froide. Avec toi... c'est impossible.

J'hésitai à me sentir flattée. Il ne s'agissait pas ici de quelques heures volées, c'était notre vie qui était en jeu. Notre relation. Notre avenir. Je décidai de lui poser carrément la question.

— Est-ce un compliment ? Tu parles de moi comme si j'étais une maladie vénérienne dont tu serais incapable de te débarrasser. Il n'existe pas d'antibiotiques assez puissants contre Florence Clare.

— Tu parles de moi de la même manière.

En effet, je n'étais pas plus flatteuse à son égard. C'était une façon de me protéger, en un sens.

Si j'en parlais comme d'une maladie, de quelque chose qui m'arrivait malgré moi, je n'étais pas responsable. Et j'étais peut-être aussi moins vulnérable. Pourtant, ma réaction à la nouvelle de son mariage avait prouvé que je pouvais me laisser atteindre. J'étais bien trop fragile avec lui.

Mais s'il devait changer un jour...

Il fallait bien que quelqu'un, pour une fois, lui fasse sentir qu'il était en sécurité. Personne ne lui avait montré à quoi devait ressembler une famille. Je n'étais pas certaine de détenir le secret, mais je pouvais lui indiquer la voie.

— Pour être franc, ajouta-t-il, je suis le fils d'un trou noir. Mon père absorbait tout ce qui pénétrait dans sa sphère et le détruisait. Je n'ai jamais voulu cela pour toi. Une situation où ta vie serait directement liée à la mienne.

— Il fallait y penser avant de prendre ma virginité, Hadès.

— Le sexe... Voilà ce que c'était, pendant un temps. Et c'était très bien ainsi. À présent... Tu sembles attendre de moi autre chose qu'un bon dîner et un cadre chaleureux, dit Hadès en désignant d'un geste la table bien garnie. Mais quoi ? Et pour quelle raison ? Ce n'est pas une affaire temporaire, quelques heures volées... Nous devons réfléchir à ce que nous pouvons garder. Préserver.

Était-il inquiet à l'idée de se noyer avec moi dans le désir, à présent qu'un temps infini nous était offert ? Honnêtement, c'était impossible à dire. Cet homme restait une énigme pour moi. Et je comprenais encore moins les sentiments qu'il éveillait chez moi.

À dix-huit ans j'étais une petite écervelée. En le regardant, c'était moi que je voyais. L'enfant d'un homme puissant, qui n'avait pas sa mère à ses côtés. Qu'on traînait contre son gré dans les événements sociaux. Qui voulait bien faire et qui avait le sentiment d'être appelé à un destin exceptionnel. Je croyais avoir trouvé l'autre versant de mon être. Ou bien je m'en étais persuadée pour justifier mon envie de coucher avec lui...

Pourtant nous n'étions pas les mêmes. Je m'étais raconté le contraire, mais cette expérience révélait ma vulnérabilité tandis qu'Hadès s'enfermait davantage dans l'artifice.

Et il voulait que je l'en remercie !

Je me demandai soudain comment nous aurions géré la situation si notre aventure n'avait duré qu'un soir. Si ce n'était pas le fruit de dix années de comportements téméraires qui avaient finalement eu raison de nous. Si nous étions des inconnus l'un pour l'autre, plutôt que... cette entité bâtarde. Deux étrangers qui s'étaient mutuellement regardés se brosser les dents. Qui savaient la commande à passer au service d'étage...

Il fallait que quelque chose change. Et, pour cela, lâcher un peu de lest. Lui en était incapable. À moi me lancer. Je m'éclaircis la voix.

— Lorsque j'étais petite, ma mère était la plus belle femme du monde à mes yeux. J'adorais la regarder se préparer avant de sortir. Un jour, je l'ai dit à mon père. Il m'a ri au nez et m'a demandé si j'avais déjà lu un journal, puisque j'ignorais visiblement que ma mère sortait juste pour l'humilier. Il a déclaré que c'était une traînée et que tout son beau maquillage et ses jolies tenues étaient autant d'appâts pour pêcher les hommes crédules.

Je flanchai à ce souvenir. Ce n'était vraiment pas une chose à dire à une enfant... J'aimais tant mes parents, mais ces mots très durs, proférés sous le coup de la douleur...

Je déglutis avant de poursuivre :

— Tout ce que je savais à l'époque, c'était que je ne devais pas ressembler à ma mère. J'en rêvais pourtant, comme toutes les petites filles... C'était une femme éblouissante. Elle a un peu abusé de la chirurgie plastique depuis, mais n'est-ce pas le signe de la douleur d'une femme qui a passé sa vie à être définie par une certaine forme de beauté ? Ce jour-là, j'ai appris à redouter la beauté. Il y avait quelque chose de cynique et de dangereux derrière cette féminité-là.

Je me renversai contre le dossier de ma chaise.

— Vers l'âge de huit ans, j'ai consulté la presse, comme me l'avait suggéré mon père. On prêtait à ma mère de multiples liaisons. Tu te rends compte, jusque-là je n'avais pas conscience que les garçons plus âgés qui venaient parfois à la maison étaient mes demi-frères ! Javier, Rocco, que tu connais aussi bien que moi je parie… Mon père, qui n'était pas méchant en règle générale, commettait des erreurs sous le coup de la colère. Sans le vouloir, il a vicié ma vision du monde. Il m'a insufflé la peur d'être une femme. Après avoir lu ces articles sur ma mère, je ne voulais plus lui ressembler. Aujourd'hui, c'est un peu raté, non ?

Je secouai la tête en riant.

— Sa fille, abattue par l'homme qu'il ne fallait pas, par son incapacité à résister au désir. Prise au piège de sa propre beauté !

Hadès me fixa, le regard vide.

— Pourquoi me racontes-tu tout cela ?

— Parce que tu ne sais pas. Parce que toi et moi ne nous connaissons pas, en dépit des années et de toutes nos… péripéties… Nous ne pouvons pas nous asseoir autour d'une table et définir quel type de mariage nous allons avoir comme s'il s'agissait d'une réunion d'affaires. Nous devons tenir compte des personnes que nous sommes. Et, pour cela, apprendre d'abord à nous connaître.

— Toi-même, Florence, est-ce que tu te connais vraiment ?

Je tressaillis.

— Pardon ?

— Je te vois comme une grande dissimulatrice. Tu portes un masque en permanence. Tu débarques dans les réunions professionnelles en guerrière armée jusqu'aux dents. Le seul moment où ta vraie nature m'apparaît, c'est lorsque tu es nue. À genoux. Attachée à un lit. Alors, j'entrevois celle que tu es peut-être vraiment.

J'accusai le coup, car c'était bel et bien la vérité. Mais je me connaissais ! Sincèrement, je comprenais pourquoi je me détournais des choses qui me faisaient envie en m'obligeant à être forte. J'avais décidé que la douceur était une faiblesse. J'avais choisi de calquer ma vie sur celle de mon père. Parce que je voulais réussir sans devenir un objet de railleries.

Ma mère, quant à elle, avait réussi financièrement. Elle était célèbre. Mais pas pour ce que, moi, je voulais qu'on admire chez moi. Alors la seule autre manière possible de trouver le succès, à mes yeux, c'était d'agir comme mon père. Je savais que c'était exactement ce que je faisais. Lorsque je rentrais chez moi, je travaillais encore. Je sortais boire un verre avec mon amie, sans jamais lui révéler mon obsession pour mon principal concurrent parce que... parce que j'avais honte de ma vérité. Je n'avais même pas envie de la regarder en face.

Et qu'Hadès ait perçu tout cela, alors qu'il demeurait pour moi une énigme, me mit dans une telle colère que je me retins de lui lancer mon assiette au visage.

— Qu'est-ce qui te rend si sûr que je suis naturelle avec toi ? demandai-je sèchement.

— Parce que tu n'as aucune raison de jouer un rôle. Tu n'as jamais voulu de moi autre chose que mon corps, et cela fait de toi une maîtresse d'une honnêteté rare. Tu prends ce que tu veux, et rien de plus. Et tout ce que tu donnes, tu le donnes parce que tu en as envie. Ce n'est pas une insulte.

— Non. C'est juste cette idée que je ne saurais pas ce que je veux...

— Est-ce que je me trompe ?

— Et toi, Hadès ? Qui es-tu vraiment ? Tu ne vaux pas mieux que moi. Tu as bricolé un mariage pour sauver ton entreprise. Tu n'as pas de cœur. Pas d'âme !

— Ah ! mais la différence, c'est que je ne m'imagine pas le contraire...

— Erreur. La différence, c'est que j'ai un cœur, moi. Rappelle-toi ma réaction à tes fiançailles !

Hadès hocha la tête, l'air un peu défait.

— Oui, je m'en souviens. Quoi qu'il en soit, Florence, ta passion est vraiment savoureuse.

Quelque chose dans sa voix me fit basculer dans un précipice dont je ne voyais pas le fond. Je me levai sans le vouloir et m'approchai de lui, au bout de la table. Il me dévisagea. Son regard étincelait. J'essayai de trouver quelque chose de nouveau entre nous, mais ce qui vibrait dans l'air était familier. C'était nous.

Notre connexion.

Peut-être pourrais-je trouver une nouveauté de ce côté-là ? Sans un mot, je passai les mains dans mon dos et abaissai la fermeture Éclair de ma robe, qui glissa sur le sol. À en juger par sa mine stupéfaite, j'avais réussi à le surprendre. Il ne s'attendait pas à ça. Je retirai tranquillement mon soutien-gorge, ma culotte, mes chaussures, et m'installai à califourchon sur ses genoux, complètement nue. Puis je saisis son visage à deux mains et l'embrassai.

Ce n'était pas un rôle pour les paparazzis comme à l'église. C'était un baiser pour lui, un baiser pour moi. Un baiser pour lui prouver que je n'étais pas faite de glace. Loin de là.

— Pourquoi ? chuchota-t-il en saisissant mes mains.

— Je ne sais pas comment te parler.

C'était vrai, et cela révélait quelque chose. Je ne me serais jamais permis un tel aveu en temps normal. Mais il fallait que ce soit nous, et nouveau en même temps. Je trouverais bien comment faire...

— En revanche, te désirer, c'est un exercice que j'ai souvent et longuement pratiqué. Que je sois ou non en colère contre toi, que je m'imagine ou non te détester. Et je suis fatiguée, si fatiguée de vivre ces moments que je ne sais pas comment gérer... Je te veux. Cela du moins, c'est une certitude. J'ai eu des années pour l'accepter. Ce désir n'a rien de rationnel ni de correct, il est là, c'est tout. Et j'ai besoin de quelque chose qui ait du sens.

Hadès m'enlaça en grondant tout bas et se leva pour me porter dans ses bras jusque dans la chambre à coucher. La lumière s'alluma automatiquement à notre entrée. Il me déposa au centre du lit.

Il entreprit de déboutonner sa chemise blanche sous mon

regard affamé. Son torse magnifique apparut. Un festin pour mes yeux, dont je ne me lasserais jamais. Il dégrafa sa ceinture d'une main pour dégager les pans de sa chemise, qu'il retira en jouant des épaules. Il libéra ensuite la ceinture des passants et la laissa choir à son tour. Le reste de ses habits suivit le même chemin, et son corps de roi qui m'était si familier se pressa enfin contre le mien. Nu et parfait, tel que dans mes désirs les plus fous.

Il me regarda droit dans les yeux, puis il m'embrassa. C'était familier, et pourtant... C'était notre nuit de noces.

Notre nuit de noces.

Une fois cette idée installée dans mon esprit, je fus incapable de l'en déloger. Ce n'était pas comme d'habitude. Ce n'étaient pas quelques moments volés dans une chambre d'hôtel, une heure entre deux réunions.

C'était notre nuit de noces.

Hadès n'était plus mon sale petit secret. Et je n'étais plus le sien. Il était mon mari. J'étais sa femme.

Avait-il lu dans mes pensées ? Je sentis une légère variation dans son étreinte. Ses baisers rageurs charriaient un élan que je ne parvins pas à identifier. C'était comme si la tonalité du désespoir avait changé.

Sa langue glissait sur la mienne, exigeante, autoritaire, tandis que je m'arrimais à ses épaules larges, superbes, avant de glisser les mains dans son dos en savourant ces muscles familiers.

Ce n'est pas la dernière fois.

À cette pensée, mes yeux s'embuèrent de larmes. Ce n'était pas la dernière fois.

Le jour où le bébé avait été conçu... J'étais si sûre que c'était un adieu que je n'étais pas prête à entendre ! Cet adieu déchirant, je l'avais prononcé moi-même, car il semblait nécessaire.

Mais aujourd'hui, c'était la première nuit d'une autre vie, une vie différente, pour peu que nous trouvions le juste mode de fonctionnement.

Oui, je l'avais embrassé parce que c'était familier. Une zone de confort. Mais ce n'était pas si facile. Cela ne l'avait jamais été. C'était chaque fois un combat pour quelque chose qui n'avait pas de nom. Pour une satisfaction qui n'aurait peut-être jamais de fin.

Tout comme j'avais compris en marchant vers l'autel que la douceur recelait une grande force, je m'aperçus qu'il y avait davantage ici que ce que je m'étais autorisée à croire.

Le sexe était une conversation.

Ses mains, tantôt tendres, tantôt rudes, disaient beaucoup de choses en voyageant sur ma peau. Sa bouche, légère ou exigeante, cruelle ou délicate, parlait sans prononcer de mots.

Il traça un chemin de baisers le long de mon corps, écarta mes jambes et lécha mon sexe. Sa langue était brûlante, exquise sur mes chairs onctueuses. Je me cambrai contre lui, saisis sa tête et la maintins en place tandis qu'il festoyait sur mon intimité comme s'il ne devait jamais s'en lasser.

Il ne regrettait pas de m'avoir épousée – encore une pensée étrange et éclairante. Il n'était pas un homme qui éprouvait du désir pour une autre.

Il aurait fini par coucher avec elle. Cela me blessait, mais... il ne l'avait pas désirée. Jamais leur union n'aurait pu ressembler à celle-ci.

Jamais.

C'était peut-être vrai qu'il n'avait jamais pris autant de plaisir avec quiconque. Car c'était unique. Parce que c'était lui, c'était moi... Là encore, Hadès avait peut-être vu juste.

Dans ses bras plus qu'ailleurs j'étais moi-même. Parce que c'était le seul endroit où je pouvais vraiment m'adoucir. Le seul lieu où je ne craignais pas mes désirs. Ni mon plaisir.

J'avais eu de la peine à l'idée que j'étais la seule personne dont il n'avait pas à craindre qu'elle divulgue des histoires à son sujet. Mais, d'un autre côté, je m'étais souvent sentie en sécurité avec lui pour cette même raison... Il ne pouvait pas me trahir sans se trahir lui-même. Il y avait entre nous une vraie confiance. Une sécurité bien réelle, dont je n'avais jamais vraiment mesuré la profondeur.

Deux doigts se glissèrent en moi, et une onde de félicité me souleva. Je criai son nom jusqu'à ce qu'il remonte se poser sur moi et reprenne ma bouche, absorbant mon plaisir. Puis il s'invita en moi d'une poussée fluide, et mon souffle s'enraya. J'empaumai ses joues. Il pressa le front contre le mien tout en jouant des reins. J'étais prise. Possédée.

— Hadès, chuchotai-je sur ses lèvres.

Il grogna et accéléra la cadence. Je sentis le désir revenir en force, s'épanouir encore, et grandir, grandir… Nous étions la tempête. Nous étions le feu. Tout ce que j'avais toujours qualifié de mal destructeur en nous. Mais, au-delà, nous étions aussi quelque chose d'autre, sans que je parvienne à poser un nom dessus. Au bord de la jouissance, il agrippa mes hanches pour se déverser en moi. Et je trouvai à mon tour l'oubli bienheureux en lui mordant le cou pour m'empêcher de crier de nouveau son nom. Je ne pouvais pas dévoiler mon âme aussi souvent…

Plus tard, lorsque les tremblements décrurent, je pris peu à peu conscience que nous n'avions nulle part où fuir.

Car il était mon mari, j'étais sa femme.

Et j'étais amoureuse de lui.

10

Après cela, je fus incapable de trouver le sommeil. Hadès, lui, s'endormit vite et paisiblement, ce qui m'apparut comme un fait masculin particulièrement rageant.

Pourtant je l'aimais.

Cette révélation, ajoutée au discours qu'il m'avait tenu, m'incitait à une profonde remise en question. J'allai spontanément m'asseoir près de la fenêtre, les yeux perdus dans la nuit recouvrant la nature sauvage qui s'étendait à l'infini à nos pieds. Hadès ressemblait à ces étendues sauvages.

Mon regard s'était arrêté sur les arbres, sans voir plus loin les vastes ténèbres environnantes. Si j'évaluais tout ce que j'avais fait à travers le filtre du sentiment plutôt que du simple désir physique, Hadès m'apparaissait sous un jour nouveau.

La première fois, lorsque je l'avais invité dans ma suite… Dans quel état d'esprit était-il venu me rejoindre ? S'inquiétait-il des conséquences si son père l'apprenait ? Craignait-il que je tente de lui soutirer des secrets professionnels ? Ou savait-il déjà que nous allions…

Je ne lui avais jamais posé la question.

Il fallait que nous nous parlions. Une évidence parmi d'autres apparues à la faveur de cette nuit d'insomnie… Nous devions cesser de nous réfugier dans le sexe. C'était trop facile. Je m'étais convaincue que nous n'avions aucune réelle intimité. Ce n'était pas exact. Il y avait simplement des zones d'ombre entre nous. Je connaissais une version d'Hadès à part, propre aux vacances. Et lui connaissait la même version de moi.

Nous avions un foyer à construire ensemble. C'était l'occasion de découvrir ce qui nous avait échappé jusque-là chez l'autre. De faire tomber les masques.

Hadès était si déterminé à imposer des règles. Je n'étais pas d'accord avec cette façon de procéder, j'aspirais à davantage d'authenticité, seulement il était ainsi. Je ne pouvais compter sur le hasard pour atteindre mon but, mais comment m'y prendre ? J'avais lancé le mouvement. À moi d'insister pour faire encore évoluer la relation.

Je finis par m'endormir quelques heures, pelotonnée sur les coussins du fauteuil près de la fenêtre. Je n'avais pas assez confiance en moi pour retourner m'allonger près d'Hadès, la moindre occasion serait bonne pour lui refaire l'amour. Parce que j'en avais envie. Parce que je l'aimais.

La veille, notre union avait eu une saveur singulière. Peut-être parce que je me savais maintenant amoureuse. Ou parce que nous étions mariés.

Alors que je ruminais ces pensées tout en sirotant un café à une heure très matinale, Hadès surgit soudain dans la cuisine, torse nu.

— Merci pour le café, dit-il en saisissant la cafetière pour se remplir une tasse.

— Effet secondaire de mon propre besoin de caféine.

Mon sourire parut le surprendre.

— Quoi ? dis-je.

— Je pensais que tu étais en colère contre moi.

— Pas du tout. Je réfléchissais… À notre première fois.

Il s'éclaircit la gorge et s'adossa au comptoir. Les muscles de son torse oscillèrent dans le mouvement, captant aussitôt mon regard.

— Un de mes souvenirs préférés, dit-il.

Son attitude me rappela la bulle douillette qui nous enveloppait souvent après une longue nuit à l'hôtel. Lorsque la fatigue et l'euphorie d'après l'amour avaient raison de notre vigilance. Nous baissions la garde. Hadès souriait alors comme si cela ne lui faisait pas de mal. Je lui racontais une histoire sur mes amis, et lui évoquait son passage à l'université, époque où il n'avait pas toujours été sérieux, et les cascades accomplies comme un pied de nez au danger. Sauter d'un yacht avec ses copains, par exemple. L'espace d'un moment, nous étions *nous*. Au naturel. Oubliées, les compagnies, les cuirasses...

Que faudrait-il pour nous amener là, dans cette parenthèse enchantée, tout le temps ? Car c'était de ce naturel que j'étais amoureuse...

Menteuse. Tu l'aimes aussi lorsqu'il est intense.

Eh bien, oui. Le moyen de séparer toutes les versions différentes d'Hadès que je connaissais ? De dire que j'aimais celle-ci et pas celle-là ? L'homme était complexe, et je commençais à comprendre que je l'aimais dans sa complexité même. À cause d'elle, peut-être.

— Vraiment ? dis-je tout bas.

— J'ai cru que tous mes rêves devenaient réalité ce soir-là.

Ces mots me parurent si fragiles ! Si je bougeais trop vite, si je parlais trop vite, ils allaient s'évaporer à coup sûr sans laisser de trace...

— Je me demandais ce que tu avais pensé en recevant mon invitation.

— Je... Eh bien, dans un réflexe très masculin j'ai d'abord pensé que tu avais envie de moi. Puis je me suis dit que c'était un vœu pieux.

Je le contemplai avec avidité. J'avais tant envie de savoir. À quoi pensait-il aujourd'hui ? J'aurais voulu me glisser sous sa peau pour l'habiter entièrement et le connaître enfin. Serait-ce possible un jour ?

— Un vœu pieux, répétai-je. C'est-à-dire ?

— Allons, Florence, tu n'es pas naïve au point de…

— En règle générale, non. Mais s'agissant de ta personne il y a bien des points que je n'ai jamais pu éclaircir. J'ai besoin que tu me racontes.

Hadès plissa le front, manifestement déconcerté.

— Tu sais sûrement que j'avais envie de toi depuis… un temps carrément indécent, dit-il en secouant la tête. Après t'avoir rencontrée, je n'ai trouvé personne comme toi. Tu me rendais fou, avec tes opinions tranchées. Et puis mon père détestait le tien, ce qui te rendait…

— Interdite, chuchotai-je.

Il acquiesça lentement.

— Voilà.

— J'ai tenu le même raisonnement. Si je te désirais aussi fort, est-ce que ce n'était pas parce que tu étais la seule chose hors de ma portée ?

Il se pencha vers moi.

— Et alors, ta conclusion ?

Je haussai les épaules.

— Peu importe. Ce désir est réel quoi qu'il en soit, et je ne peux rien y faire.

— Fataliste, mmm ?

— Nous sommes tous les deux très fatalistes dans l'approche de notre liaison, il me semble.

— Sans doute. Mais oui, tu avais seize ans je crois la première fois que j'ai remarqué combien tu étais belle. J'ai gardé mes distances ensuite, pour des raisons évidentes. J'étais trop vieux pour toi.

— Et mon anniversaire a résolu le problème par magie ?

Hadès s'accorda un temps de réflexion avant de répondre :

— Pas tout à fait. À dix-huit ans tu étais encore trop jeune pour moi. Mais tu as dévoilé ce qui jusque-là couvait en secret. Après t'avoir entendue déclarer que tu avais envie de moi, je n'allais pas te dire non.

— Tu espérais donc que je fasse le premier pas ?

— Oui. Moi, je n'aurais jamais pris l'initiative de te toucher. Même si tu affirmais que c'était ce que tu désirais, c'était une chose à éviter, je le savais. Mais l'attirance qui brûlait entre nous était d'une intensité peu commune et elle l'est restée par la suite.

— C'est vrai.

Je ne pus m'empêcher de sourire. Il me désirait, et ce désir lui avait paru inévitable, tout comme à moi. Je me sentis moins seule. Lui aussi s'était consumé de désir...

— Et après coup, dis-je, qu'as-tu pensé ?

Il eut un rire dur, gorgé d'amertume.

— En quittant l'hôtel, j'étais déterminé à ne plus jamais poser la main sur toi. Je t'avais possédée de toutes les façons possibles. J'étais... Je n'aurais pas dû te traiter comme je l'ai fait.

— Comment ? Comme une femme qui ne demandait que ça, parce qu'elle n'avait pas froid aux yeux ?

— Je n'aurais pas dû me conduire avec toi comme avec une maîtresse plus aguerrie.

— Une chose est sûre, à la fin du week-end mon déficit d'expérience était comblé, commentai-je avec un petit sourire.

— Tu étais vierge, Florence. Et je n'ai pris aucune précaution particulière.

— Tu m'as détruite, c'est un fait. Je veux dire, après ça je ne pouvais plus me contenter d'aventures plus banales.

Je gardai le silence un moment, puis ajouta :

— Pourquoi es-tu revenu me chercher, si tu étais si déterminé à résister ?

— Je ne le saurai jamais. Pourquoi mets-tu mon sang-froid à l'épreuve, alors que je n'ai jamais eu de difficulté à me maîtriser quel que soit le contexte ? À croire que tu as changé quelque chose d'essentiel en moi. Avant de te rencontrer, je n'avais jamais dévié du droit chemin. Je n'avais jamais défié mon père, tant je redoutais l'épée de Damoclès qu'il avait suspendue au-dessus de ma tête – la sécurité de ma mère. La rage bouillonnait dans mes veines, mais je ne la laissais pas déborder en sa présence. Je ne lâchais rien. Et puis tu es arrivée. Tu m'as touché, tu m'as embrassé. Dès lors je n'avais pas d'autre choix que de prendre ce que tu avais à m'offrir. De te montrer ce dont nos corps étaient capables, ensemble. Et puis, en Suisse...

En Suisse ! Mais oui... Comme ici, aujourd'hui. Drôle de coïncidence... Nos premières retrouvailles avaient eu lieu à Genève, dans un très bel hôtel au marbre omniprésent. Hadès m'avait prise dans la salle de bains.

Je levai les yeux vers lui et compris que nous étions l'un et l'autre au cœur d'un souvenir commun. Il avait du feu dans les yeux.

Je vis tant de choses dans ce feu... C'était une brèche dans une porte verrouillée. Je n'avais aucune envie qu'il la colmate et se retranche derrière encore une fois. Cette seule pensée me mettait en panique. J'avais faim d'Hadès, une faim de loup. Je voulais tout savoir de lui.

— Genève, murmurai-je.

Sans un mot, il se détacha du comptoir et alla se camper devant les fenêtres. Je me dépêchai de le rejoindre.

— Genève est juste là, dit-il en pointant les lumières qu'on distinguait à peine dans la brume au-delà de la ligne des glaciers. Lorsque j'admire le paysage de ce côté du chalet, je pense toujours à nous ce soir-là. À ton apparition dans ta jolie robe à fleurs. C'était très doux. Rien à voir avec tes tenues d'aujourd'hui. Tu étais si belle ! Pendant des mois, mon désir pour toi m'avait asphyxié. J'aurais voulu... tellement de choses... Trouver une autre femme pour apaiser cette douleur... Mais je n'ai pas pu me forcer à désirer ailleurs. Je suis sorti, j'ai bu des verres, sans me résoudre à dépasser la limite en ton absence. Et puis, à la seconde où tu es apparue… C'était comme si l'étoffe même de mon être se déchirait. Six mois de manque, Florence. J'ai saisi ta main, je t'ai entraînée dans la salle de bains et… je me suis conduit comme un animal sauvage.

Je tentai d'assimiler tout cela. Il était donc resté célibataire entre notre première fois et la deuxième…

— J'ai aimé, dis-je. Pour moi, c'était merveilleux… c'était follement romantique…

— *Romantique ?* Te prendre sur le comptoir d'une salle de bains ?

— Oui ! De mon côté, je n'avais pas cessé de penser à toi. Je me rendais malade, à force. J'essayais de me dire que tu m'aurais oubliée d'ici notre prochaine rencontre, que nous n'allions plus nous toucher, nous embrasser, encore moins faire l'amour. Et puis je t'ai vu… La flamme était toujours vive et aussi brûlante. Nous n'avons jamais été capables de l'éteindre. Si tu savais le soulagement que j'ai ressenti lorsque tu m'as entraînée dans cette pièce pour me déshabiller… lorsque ta peau s'est scellée à la mienne… Je n'avais jamais désiré quoi que ce soit avec une telle violence. Je voulais cela, Hadès, je le voulais plus que tout.

Hadès détourna le regard. Les yeux sur son profil, je songeai qu'en dépit de tout ce qui demeurait mystérieux chez lui nous étions dans un chalet en Suisse avec vue sur Genève, il pensait à moi lorsqu'il regardait par cette fenêtre, et je l'aimais. Je le savais maintenant.

Je savais aussi qu'il était mon mari et que nous allions avoir un bébé. Je savais que c'était pour toujours et que notre vie n'aurait rien de commun avec les rencontres épisodiques et passionnées qui nous avaient si longtemps nourris. Tout avait changé. Nous ne pouvions pas continuer comme avant.

— J'ai du travail, déclara Hadès. Un communiqué de presse à peaufiner. Mon avocat m'a envoyé quelques documents à réviser.

— J'y jetterai aussi un coup d'œil.

— Laisse-moi faire, Florence. Repose-toi donc un peu. Tu es enceinte, tout de même.

L'entendre exprimer ainsi son inquiétude pour ma santé, et non ronchonner sur le fait que je portais son enfant, me toucha profondément.

— D'accord, dis-je.

Il me fallait bien baisser la garde à un moment ou à un autre et lui faire confiance. La compagnie me tenait à cœur, mais ma personne ne se résumait pas à mon travail, c'était très clair pour moi à présent. J'avais épousé Hadès, j'attendais un enfant et je ne savais toujours pas qui j'étais vraiment. Hadès avait raison...

Je l'aimais.

J'aimais en découdre avec lui dans l'arène professionnelle pour capter son attention. Pour sentir son regard vissé sur moi. Pour lui montrer que j'étais douée dans mon travail. Je voulais qu'il en convienne et me respecte. Depuis la mort de mon père, la seule personne au monde dont l'opinion comptait pour moi, c'était Hadès...

J'étais décidée à faire évoluer les choses. À combler les lacunes dans notre relation. Je décrochai mon téléphone et passai commande de décorations de Noël ainsi que d'un dîner pour deux avec un menu de fête.

Je ferais de ce chalet un foyer, puisqu'il s'agissait de devenir une famille. Qu'étions-nous au juste pour le moment ? Si moi je l'aimais, que représentait notre couple pour Hadès ? Quelque chose de puissant, indéniablement. À l'entendre, cela ressemblait à une maladie. Mais cette impression, je l'avais moi-même ressentie souvent. C'était peut-être le fruit d'un amour non reconnu comme tel. Un amour inexprimé. Sans repères, sans assurance. Incertain...

Maintenant que je lui avais soudain trouvé une place, un nom, ce n'était plus une maladie mais au contraire un apaisement.

Je n'avais pas les idées claires sur l'avenir de notre mariage ou sur le genre d'époux que serait Hadès. En attendant, il n'était pas sorti avec une autre durant les six mois séparant nos deux premières rencontres. Il avait dit que je ne voudrais pas de sa fidélité, que je me lasserais d'être l'unique cible de son désir, pourtant... je l'étais déjà dix ans plus tôt.

Il n'avait pas non plus couché avec Jessica... Je n'étais peut-être pas la seule à ne pas pouvoir me résoudre à prendre un autre amant. À préférer le célibat, plutôt qu'un corps moins désiré.

Le temps qu'Hadès en termine avec sa réunion, j'avais décoré le chalet tout entier. Il brillait de mille feux dans des tons or et champagne dont l'éclat rehaussait le mobilier norvégien minimaliste sans lui faire injure. Il avait suffi de quelques étincelles pour que ce chalet s'éveille à la vie... C'était une façon de lui montrer ce que je souhaitais.

Hadès promena les yeux sur le décor, complètement abasourdi.

— Qu'est-ce que...

— Noël, Hadès.

— Et pourquoi donc Noël serait-il important ?

— Parce que nous sommes libres de choisir notre avenir. Mes Noëls à moi se partageaient entre deux maisons. Je n'étais pas victime des perversités d'un père comme toi, mais c'était difficile, et je ne veux pas que notre enfant fasse cette expérience. Notre famille sera différente.

— Notre *famille* ?

— Mais oui. Nous allons avoir un bébé... Je conçois que cela t'effraie. Que tu estimes nécessaire de recourir à des nounous et des psychologues, et je n'ai rien contre. Mais nous pouvons former une famille juste toi et moi. Il y a tant entre nous, Hadès ! Je pense sincèrement que nous pouvons en faire quelque chose de bien. Nous ne sommes pas nos parents. Nous sommes en train de créer une famille nouvelle.

Cela ressemblait à un pari risqué. Du genre de ceux que

j'aimais prendre dans ma vie professionnelle, pas dans l'intimité. Néanmoins, rien n'était plus important à mes yeux. Si je ne parvenais pas à atteindre cet objectif, si je ne trouvais pas ma place auprès d'Hadès, quel futur nous attendait ?

L'enjeu ici n'était pas un contrat ni une fusion, mais bien nos vies tout entières.

— Florence...

— J'ai préparé le dîner. Ou plutôt, il vient d'être livré.

Je le pris par la main pour l'entraîner vers la salle à manger. Finis les grands espaces entre nous. Les chaises étaient rapprochées l'une de l'autre, et des plateaux de charcuterie et de fromages ainsi qu'une corbeille de petits pains regroupés sur un coin de la table.

— Parle-moi, Hadès.

— J'ai parlé toute la journée. C'était compliqué de veiller à ce que nous procédions dans les règles.

— Alors raconte-moi tout. Oublions les cachotteries sur nos transactions respectives.

Hadès s'exécuta sans protester. Et je me sentis retomber amoureuse. Quoi de plus sexy que d'écouter cet homme parler affaires ? Des affaires qui nous intéressaient tous les deux, de surcroît. Un goût que nous partagions.

— J'aimerais beaucoup m'impliquer dans le développement de ton géant des mers, dis-je.

— Les navires de croisière te plaisent ?

— J'adore l'idée de pouvoir me sentir chez moi tout en vivant des aventures. L'océan me procure un tel sentiment de liberté !

— Intrépide, avec ça ! Tu caches bien ton jeu.

Je baissai les yeux.

— Je me suis toujours efforcée de brider mon côté sauvageonne, parce que mon père voyait en moi le portrait de ma mère. Et tu sais ce qu'il pensait d'elle...

— C'était injuste de sa part de te dire toutes ces choses.

— Oui, mais cela a fait de moi une meilleure P-DG. Sauf que je suis tombée enceinte de toi… Mon intrépidité a sûrement trouvé d'autres façons de s'exprimer. Dans ma passion pour le grand large et ma manie de me jeter sur toi dès que j'avais un moment de libre.

Hadès sourit, et je me sentis fière de lui avoir rendu sa bonne humeur.

— Tu es brillant, tu sais, Hadès.

— Merci, mais… ?

— Tu sais, j'ai souvent pensé que, si je prenais tant de plaisir à me battre contre toi, c'était parce que personne d'autre ne représentait vraiment un défi. Cela me plaît que tu sois meilleur que moi parfois. Pas toujours, mais parfois… C'est stimulant de savoir que la défaite est possible.

— C'est sans doute ce qui me plaît aussi chez toi, dit lentement Hadès. Je n'aime pas perdre.

— As-tu jamais perdu contre quelqu'un d'autre ?

— Non.

J'eus envie de lui demander s'il avait… depuis nous… Mais les mots se bloquèrent dans ma gorge. Je me sentais vulnérable à l'idée de ce que je répondrais, moi, à cette question.

Oh ! et puis… à quoi bon me retenir ? J'étais assise là au milieu des décorations de Noël installées par mes soins, en train de dîner avec le père de mon bébé, un homme qui connaissait mon corps mieux que moi, et je serais gênée de lui confesser qu'il était mon unique amant ?

Je redoutais peut-être d'apprendre que notre histoire n'avait pas été aussi spéciale pour lui que pour moi.

— Il n'y a eu personne d'autre, jamais, dis-je tout à trac, résolue à montrer ma fragilité même si cela me coûtait.

Voilà une audace que n'auraient eue ni mon père ni ma mère. Ils étaient si impliqués dans leurs rôles respectifs. Le personnage de la femme du monde un peu fofolle pour ma mère, qui lui permettait de préserver son intimité. Celui de l'homme d'affaires implacable pour mon père. Ils étaient l'un et l'autre incapables d'ouvrir leur cœur. Ma mère papillonnait avec une aisance toute hollywoodienne. Ce n'était qu'une façade. Un subterfuge. Hors de question de suivre ce chemin.

Nous devions rompre avec les modèles de la génération précédente. À moi de donner l'exemple…

— Pardon ? souffla Hadès, les sourcils froncés.

— Je n'ai jamais touché un autre homme. Je t'ai désiré au premier regard et par la suite… Lorsque je m'imaginais mariée un jour à quelqu'un d'autre, je me disais que ce serait un homme qui me procurerait la moitié des sensations que tu m'offrais. La moitié, cela me semblait raisonnable. Mais, même cela, je ne l'ai pas trouvé. Je rêvais de toi et de toi seul entre nos rencontres.

Hadès détourna les yeux et fixa le mur le plus proche.

— Il n'y a eu aucune autre femme non plus, Florence, depuis notre première fois. Je n'étais pas un débutant ce jour-là, mais je n'ai touché personne depuis.

La confidence était si énorme qu'elle me donna presque envie de pleurer. Par réflexe, je choisis de contre-attaquer. Il m'était plus facile de me concentrer sur quelque chose qui m'avait blessée plutôt que sur l'émotion profonde qui m'envahissait.

— Tu allais le faire ! répliquai-je d'un ton accusateur.

— Je sentais que je n'avais pas le choix. Je voulais… Entre nous, je t'ai menti, dans l'avion, lorsque je t'ai dit que je pensais que tu ne pourrais pas me résister. J'étais sûr au contraire que tu serais furieuse que je me marie et que tu ne me toucherais plus jamais. J'ai pensé que cela nous libérerait tous les deux, Florence. Et c'était ce que je voulais.

Ces mots me crucifièrent. Il avait espéré que je le quitte. Il avait voulu que notre histoire se termine.

— Alors pourquoi ne pas avoir rompu ?

— Si j'avais eu ce courage…

Il n'acheva pas. Je connaissais déjà la réponse. Nous y revenions sans cesse, lui et moi. Si nous avions eu la force d'arrêter, de nous sauver, ce serait déjà fait depuis longtemps.

Ainsi, il avait érigé un mur en espérant me décourager de l'escalader…

— Tu es une des personnes les plus droites que je connaisse, reprit Hadès. Je savais que tu ne toucherais pas un homme marié.

— Et j'ai eu la malchance de tomber enceinte, répliquai-je, le cœur lourd. Hadès, j'aimerais pouvoir te dire que ton plan aurait réussi. La nouvelle de tes fiançailles m'a rendue malade en effet. Je t'ai imaginé couchant avec elle juste après m'avoir quittée, la caressant juste après avoir joui avec moi. Seulement c'était de la jalousie, et non une vertueuse indignation. Je me suis raconté que j'avais mal pour elle qui ignorait ta vraie nature, mais en réalité c'était moi qui souffrais et, lorsque j'ai déboulé dans ton bureau pour t'insulter, l'idée de te résister ne m'a même pas traversée.

Je vis passer une ombre sur le visage d'Hadès, mais elle se dissipa si vite que je n'eus pas le temps d'identifier cette émotion singulière.

— La Nature a décidé à notre place. Je ne voulais pas te piéger, murmura-t-il en secouant la tête.

— Pour la fusion de nos compagnies ?

Il releva vivement la tête.

— Oui. La fusion. Mais à présent… Voilà où nous en sommes.

— Tu me seras fidèle, affirmai-je.

C'était une évidence, puisqu'il l'avait été jusqu'à présent.

— Si tu souhaites un jour que cela change, il te suffira de me le dire. Si tu regrettes…

Comment pourrais-je regretter ? Je l'aimais et je voulais consacrer tout ce temps qui nous était offert à le lui démontrer.

— Hadès, sais-tu ce que nous n'avons jamais tenté ensemble ?

— Quoi donc ?

— Un rendez-vous galant.

11

Le règlement des détails juridiques de la fusion occupa Hadès durant plusieurs jours. Une fois tous les documents signés, très tard le quatrième jour, il m'annonça qu'il avait une surprise pour moi.

— Je t'emmène quelque part demain.

— Ce n'est pas encore Noël...

— Je sais, mais j'ai réfléchi à ce que tu m'as dit. Nous n'avons jamais eu de rendez-vous galant tous les deux.

Les derniers jours avaient été étranges. Nous avions fait l'amour, mais nous avions aussi réussi à discuter entre deux câlins. Et à travailler. J'avais raison, nous avions besoin de combler les lacunes entre nous, et c'était ce que nous faisions, avec une efficacité inattendue.

Nous prenions tous les repas ensemble. Chacun s'adaptait au rythme de l'autre, plutôt que d'exister dans des fragments de temps volés. Les pics d'intensité étaient toujours là, mais avec entre eux toute la gamme des émotions du quotidien.

Tout me plaisait chez lui. C'était un point intéressant. Ses variations d'humeur n'étaient pas toujours faciles à gérer, mais je me rendais compte qu'il ne serait pas lui-même sans elles. Il ne serait pas aussi intense, et cette intensité me ravissait. Surtout lorsqu'elle était entièrement centrée sur moi.

J'aimais l'écouter parler affaires. J'aimais l'effet que cela me faisait d'être assise près de lui. Si j'avais cru le détester un jour, c'était juste une façon de me protéger, clairement. De me ménager de l'espace pour me consacrer à ma compagnie. À mes yeux c'était essentiel pour éviter que tout le reste s'écroule. Je craignais de me perdre… Ou de ressembler à ma mère… Je ne distinguais pas de juste milieu. Mais c'était une fausse bonne idée.

Cela m'empêchait d'être une personne à part entière. Or c'était vital pour moi, après une enfance passée auprès de parents devenus des caricatures d'eux-mêmes, incapables de répondre aux besoins d'une enfant qui dépendait d'eux. Leur mariage en avait aussi pâti. Or mon mariage avec Hadès comptait énormément pour moi… Je pouvais aimer mon travail et m'aimer aussi, sans pour autant me perdre.

Lorsque vint l'heure de me préparer pour sortir dîner, j'ouvris mon armoire et restai bouche bée. Il y avait là une robe dorée qui étincelait presque autant que les décorations de Noël que j'avais achetées pour le chalet.

— Hadès…

— Je tiens beaucoup à te voir là-dedans.

Il s'approcha de moi, m'embrassa sur la nuque et glissa un bras autour de ma taille. Son buste tout chaud se pressa contre mon dos.

— Mais surtout, ajouta-t-il, je tiens à te l'enlever.

— Cela peut se faire. Comme au bon vieux temps. Il suffirait d'une penderie…

— Fini les penderies, gronda-t-il. Tu es à moi, et le monde entier en sera témoin. Après quoi, je te ramènerai à la maison, j'étendrai ton joli corps sur notre lit et je festoierai dessus en prenant tout mon temps.

C'était terriblement affriolant. Hadès était ainsi. Rien ne pouvait être plus sexy que lui.

Nous dûmes emprunter un hélicoptère pour descendre

jusqu'au pied des montagnes. Je m'accrochai de nouveau à son bras pendant le trajet, sans état d'âme cette fois.

— Genève, chuchotai-je lorsque les scintillements de la ville apparurent dans mon champ de vision.

— De bons souvenirs.

— Oui…

Une voiture nous attendait à notre atterrissage sur un aérodrome en lisière de la ville. Elle nous emmena jusqu'à un restaurant prestigieux aménagé dans un ancien palais. Si les gens nous regardaient, je m'en moquais, toute à ma joie d'être dehors, en public, avec lui, pour la première fois.

Bien sûr, les médias s'étaient déchaînés après la noce, notre baiser notamment avait été largement commenté, mais j'avais ignoré la tempête parce que j'étais avec Hadès. Et, lorsque j'étais avec lui, rien d'autre ne comptait vraiment.

Sortir en public ce soir, c'était une expérience nouvelle. C'était incroyable. Tout avait changé en l'espace de deux mois, et en même temps rien n'avait changé. Comme si les sentiments nichés au plus profond de moi avaient désormais toute la place de grandir et de s'épanouir. Tant et si bien que je pouvais enfin distinguer ce qu'ils essayaient de devenir depuis l'origine.

De l'amour. Cela ne faisait aucun doute pour moi. En revanche, je ne pouvais pas encore m'en ouvrir à Hadès. Je ne voulais surtout pas gâcher ce que nous étions en train de construire… La patience n'était pas mon fort. Si j'avais pris les devants et séduit Hadès le jour de mes dix-huit ans, c'était parce que je n'en pouvais plus de ronger mon frein.

Aujourd'hui, je devais me résigner à attendre. Nos corps se faisaient aveuglément confiance, mais pour le reste nous manquions de pratique. Pour le moment. Je m'efforçais d'apprendre le chemin. D'apprendre Hadès, afin de franchir le mur derrière lequel il se retranchait.

C'était plutôt une suite de portes menant à diverses pièces.

Des portes fermées à clé. Quelquefois il en entrouvrait une, mais une autre se refermait. Je n'avais jamais accès à l'ensemble de sa personne. Les quelques confidences qu'il avait consenties, j'avais l'impression de les lui avoir arrachées. Il y avait autre chose à connaître, je le sentais. Il pouvait se montrer si fermé et si passionné à la fois. Tout cela mêlé, toujours...

Je le laissai passer commande pour deux.

— J'aime, dis-je.

— Quoi donc ?

— Te laisser choisir pour moi quelquefois. Je suis épuisée, à force de décider de tout, tout le temps. Que puis-je faire pour toi en échange ?

Il haussa les sourcils.

— Tu le fais déjà...

— Rendre service est toujours un plaisir.

Il pensait au sexe, bien sûr. Ce n'était pas spécialement flatteur ni romantique, mais cette réplique avait le mérite de la franchise. Je trouverais bien un moyen de rendre plus savoureux tous les moments de sa vie, et pas uniquement ceux que nous partagions au lit.

À l'instant où nos plats nous étaient servis, je m'aperçus que nous attirions l'attention. Je fixai Hadès et désignai ma gauche d'un mouvement des yeux. Il suivit mon regard. Deux jeunes filles pouffaient en brandissant leur téléphone pour nous prendre en photo ou en vidéo.

— À une époque, dis-je tout bas, ce genre de choses aurait été mon pire cauchemar.

— Oui. Je sais.

— Tu sais aussi pourquoi. Je n'ai pas honte de toi, loin de là.

— Cette idée ne m'a jamais effleuré. Mon ego est intact.

Il y avait comme une fausse note dans sa voix. Je fus aussitôt en alerte. Il ressentait une émotion, qu'il n'exprimerait jamais à voix haute. Je posai une main sur la sienne. Il baissa les yeux sur nos doigts réunis, et je sentis tout son corps se détendre. C'était une première. Même après l'orgasme, sa respiration restait oppressée, ses muscles contractés. La tension l'habitait jusque dans le sommeil. En cet instant, je sentis un lâcher-prise sous mes doigts. Un relâchement dans ses épaules.

J'en restai sans voix. C'était peut-être de cela qu'il avait besoin... Que quelqu'un le touche. Que quelqu'un prenne soin de lui. Il se montrait très prévenant avec moi, après réflexion. Souvent, dans nos corps-à-corps, il veillait à ce que je n'aie pas froid, ni faim. Il s'assurait de mon confort. Cela semblait dépasser le sexe.

— J'ai pris conscience d'une chose, en marchant jusqu'à l'autel, dis-je. J'avais perdu, tout ce que je voulais m'avait filé entre les doigts, et j'allais être exposée à la Terre entière... Eh bien, en réalité, c'était une libération. Je n'avais plus à me cacher. À me démener.

C'est cela que je veux pour toi.

Je ne partageai pas cette conclusion avec lui. Il n'était pas tout à fait prêt à accueillir cette vérité sans avoir la possibilité de l'esquiver ou de la nier.

S'il avait gardé le secret sur notre liaison à l'origine, ce n'était pas pour éviter de décevoir son père ni semer le doute sur sa déontologie professionnelle. Il craignait la punition de son père... Combien de ses actes étaient-ils un pur réflexe de petit garçon battu et non choyé ? C'était impossible à mesurer.

— J'en suis heureuse, ajoutai-je, parce que j'étais au bord de l'épuisement. Je n'avais aucune autre solution.

— Sauf que j'aurais épousé une autre femme.

Ici, je pouvais changer de cap et battre de nouveau en retraite derrière mon propre mur. Seulement, c'était nous renvoyer dans le même cercle vicieux. Je devais être celle qui continuait d'avancer, d'abattre un obstacle après l'autre. C'était risqué, mais je me sentais devenir plus forte à mesure que je me rendais vulnérable. Comme si je devenais davantage moi-même à mesure que je cherchais à me connecter à lui.

— Ce mariage ne m'aurait apporté aucun soulagement. Je suis allée chez ma mère. Elle a un don pour soigner les cœurs brisés. Je n'étais pas seulement furieuse contre toi, tu sais. J'étais dévastée.

— Je n'ai pas voulu te blesser, dit-il, les yeux baissés sur son assiette. Quoi que tu penses de moi, je veux que tu le saches.

Il se redressa. L'ombre était réapparue dans ses yeux.

— Je te crois, Hadès.

Je n'avais pas grand-chose à ajouter sur le sujet. L'essentiel pour moi était là – je le croyais. Nous discutâmes affaires jusqu'au dessert. Puis la conversation dériva sur le gâteau au chocolat, le summum du dessert pour lui comme pour moi.

— Voilà une chose qui m'a toujours agacé, déclara Hadès.

— Quoi donc ?

— Le snobisme de mes confrères européens vis-à-vis de la suavité décadente de la nourriture américaine. Moi, je suis fan !

— Mais tu aimes le chocolat noir. Ce n'est pas le plus sucré.

— J'aime le chocolat sous toutes ses formes.

Il sourit, et je sentis résonner en moi une joie grisante.

Au moment de quitter le restaurant, il posa son manteau sur mes épaules. Nous marchâmes au hasard dans les rues, main dans la main, dans la lumière des réverbères. Même cela, nous ne l'avions jamais fait auparavant. Une simple balade le nez au vent, en se tenant par la main.

Cette complicité ordinaire testée par la plupart des couples avant même le premier baiser. Et par *tous* les couples avant dix années de sexe torride. Nous, nous n'avions pas pu goûter à la légèreté avant de nous gaver d'un festin que nous savions éphémère.

Aujourd'hui, l'éternité s'offrait à nous. Je me mis à rire.

— Quoi ? dit Hadès.

— Tu es milliardaire…

— Toi aussi.

— Et un seul privilège nous échappait. Le luxe du temps. Et maintenant…

— Oui, murmura Hadès.

— Nous pouvons nous promener des heures si ça nous chante. Sans nous soucier d'être découverts. Fini, la vie clandestine, les fausses identités, les passages furtifs par les portes de service ou les entrées réservées au personnel. On ne se cache plus… Je veux te connaître, Hadès, dis-je brusquement en me tournant vers lui, la main serrée dans la sienne, comme au pied de l'autel le jour de notre mariage. Je veux tout savoir de toi !

Il s'arrêta de marcher. Il semblait peiné.

— Le problème, Florence, c'est que lorsque tu me connaîtras tu n'auras plus la possibilité de revenir en arrière, au temps de ta bienheureuse ignorance…

— N'est-ce pas lassant à la longue, de jouer le roi des damnés ?

— N'est-ce pas lassant à la longue, de jouer les P-DG tenaces et infaillibles ?

— Si ! Voilà pourquoi j'étais contente que tu choisisses mon dîner. J'étais toujours soulagée de me retrouver dans tes bras et de te confier le soin de me rendre heureuse. J'avais besoin d'un espace où lâcher prise. Crier tout mon soûl. Me mettre à nu et être moi-même. Et avec toi je l'ai trouvé. Oui, c'est épuisant à la longue de jouer les P-DG irréprochables. C'est pour cela que je te demande si tu partages ce ressenti.

— Le roi des damnés… Si c'était juste un rôle que je jouais à une époque, je n'en ai plus le souvenir. C'est devenu ma personne.

— Mais tu adores le chocolat. Et tu m'embrasses comme dans un rêve…

— Certaines filles rêvent du démon, répliqua-t-il avec une pointe de regret dans la voix. Et on dit que ces rêves-là sont trompeurs.

— Ce sont pourtant les seuls que j'ai.

Je compris alors que, pour lui, je renoncerais à la compagnie. Je renoncerais à tout, s'il me le demandait. Hadès comptait plus que tout, mes actes sur les dix dernières années en attestaient. J'avais pris des risques invraisemblables pour être avec lui, quitte à mettre en danger ma situation professionnelle. J'étais bien plus soucieuse de préserver mon lien avec lui...

Il était l'essentiel pour moi, et j'étais blessée à l'idée qu'il ait d'autres priorités. Je frémis de honte soudain. Avais-je réellement un désir latent d'être sa femme au foyer ? Non. Tel n'était pas mon but. Simplement, si je devais poser mes priorités, là tout de suite, ce serait notre famille. La vie que nous étions en train de construire.

Je n'avais plus à impressionner mon père, ni à susciter des articles élogieux dans la presse, ni à me défier des faiblesses de ma mère. Je voulais juste vivre. Je voulais juste l'aimer... J'avais réussi sur bien des plans, mais celui-là manquait à mon palmarès. C'était l'objectif qui me motivait plus que tout maintenant.

Je n'en soufflai mot, toutefois. Il était encore trop tôt. J'hésitais encore sur l'approche à adopter. Ou peut-être n'étais-je pas prête à courir le risque de le perdre. C'était terrifiant, comme de me tenir au bord d'une falaise avec le vide insondable à mes pieds. Et s'il ne devait jamais m'aimer ? Cette pensée m'était insupportable. Je devais prendre le temps. Souffler. Procéder avec prudence.

— As-tu au moins quelques bons souvenirs de ton enfance ? demandai-je tandis que nous reprenions notre marche.

— Oui, répondit-il. Ma mère. Elle m'a appris à monter à cheval. Nous partions très tôt le matin, l'été surtout. Nous vivions en Grèce en ce temps-là. C'était merveilleux. Nous traversions à cheval les champs d'oliviers jusqu'à la mer. Je ne savais pas alors que nous étions riches, que j'hériterais un jour d'une grande entreprise. Tout ce que je savais, c'était que ma mère m'aimait, et le monde était beau. C'est le plus grand bonheur que j'ai connu.

— Où est ta mère aujourd'hui ?

— En Grèce, dit-il en détournant la tête.

— Tu ne vas jamais la voir ?

— Non. Mon père a sapé notre lien, et son sentiment de culpabilité n'aide pas.

— Ce n'est pas juste... Elle a fait le choix qu'elle pensait nécessaire, face à un mari violent...

— Oui, il était très dangereux.

— Mais aujourd'hui, avec le recul, pourquoi laisser ce choix creuser un gouffre entre vous ?

— C'est compliqué. Trop, à mon goût. Mais...

— Tu pourrais lui parler. Lui dire que tu ne veux pas que ces années fassent obstacle entre vous. Si elle est ton plus beau souvenir, alors...

— Alors quoi ? dit Hadès en s'arrêtant net pour me regarder. Tu t'y connais, toi, en réparation de liens familiaux brisés ?

— Non... Mais j'ai dû trouver un moyen de maintenir une relation avec mes deux parents alors qu'ils se détestaient. Je tenais à plaire à l'un et à l'autre. Or le moindre soutien à mon père vexait ma mère, et lui de son côté réprouvait ma complicité avec elle. Ma famille n'était pas toxique, mais elle était difficile. J'ai dû pardonner à mon père ses mots durs contre ma mère. J'ai dû pardonner à ma mère d'être une personne que je ne comprenais pas. Petite, je ne mesurais pas la peine qu'elle se donnait pour se faire une place dans le monde. Je lui ai longtemps reproché de ne pas évoluer, mais mon père n'a jamais évolué non plus ! J'ai trouvé plus facile de me couler dans le moule qu'il me destinait, voilà tout. Si j'avais voulu voyager en Europe pour séduire des hommes riches, ma mère aurait été le modèle idéal, dis-je en riant.

Hadès me surprit en se joignant à mon rire.

— Beaucoup auraient suivi ce chemin, Florence... Il semble plus facile que le perfectionnisme que tu as choisi...

— Tout de même, tu devrais appeler ta mère pour lui annoncer qu'elle va devenir grand-mère.

— J'y penserai à l'occasion.

— Qu'est-ce qui t'empêche de le faire tout de suite ?

— Je ne voudrais pas perturber sa sérénité, précisa Hadès. Elle a eu d'autres enfants, qui ont tous au moins quinze ans de moins que moi. Elle a une autre famille, et je m'en réjouis pour elle. Elle a trouvé un bonheur simple. Je suis une source de joie compliquée pour elle. Elle m'aime, je le sais, mais aimer ne signifie pas forcément être là tous les jours en soutien.

Ses yeux noirs étincelaient.

— Parfois, reprit-il, aimer, c'est donner à l'autre de l'espace. L'amour peut faire mal autant qu'il panse les blessures. Il arrive qu'il soit lui-même une lame affûtée.

— Il est écrit quelque part que l'amour est patient et bienveillant…

— Si seulement ! Mon expérience m'a montré l'inverse. Ma mère et moi sommes prisonniers de souvenirs de violence. Elle a un mari qui est tendre avec elle, elle a mis des enfants au monde avec lui…

— Et tu te fais l'effet d'une meurtrissure.

— Exactement. Une vieille blessure qui resurgit dès qu'elle me voit.

— Tu n'y es pour rien.

— La question n'est pas de savoir à qui revient la faute.

Il se pencha et posa la main sur ma joue avec une douceur étonnante, qui contrastait avec la férocité de sa voix.

— Peu importe qui a infligé la douleur, lorsqu'elle persiste, lorsque les effets perdurent… On peut être brisé sans être coupable. Le sang est empoisonné, c'est ainsi. Et l'amour ne suffit pas pour changer cela.

En l'écoutant j'eus la sensation que nous ne parlions plus de sa mère, mais le sens de ses allusions m'échappait. En moi pointait une étrange lueur d'espoir, qui avait en même temps des allures de cause perdue. Il était en train de me dire qu'il ne pouvait pas aimer, quelle que soit l'évolution de sa vie. Il m'expliquait ce qu'il ne pouvait pas me donner...

En même temps perçait un regret devant l'inéluctable.

Lui, qui rivalisait avec moi avec tant de brio, comment pouvait-il vouloir quelque chose sans l'obtenir ? Regretter une situation sans s'atteler à la changer ? L'idée même d'impuissance semblait incompatible avec cet homme si doué et si déterminé.

Cela ne lui ressemblait pas et, tandis qu'une part de mon âme bataillait avec le découragement, une autre sentait la caresse d'un rayon de soleil pour la première fois depuis des lustres. Hadès avait acheté un chalet avec vue sur Genève. Je voulais que cela signifie quelque chose.

— Et toi, quel est ton meilleur souvenir ? me demanda-t-il en se remettant en marche.

Je le laissai changer de sujet, car j'avais envie de partager avec lui. La promenade était propice aux confidences.

— J'ai la chance d'avoir eu une enfance heureuse. Je me souviens que mon père m'emmenait avec lui lorsqu'il partait travailler. Je m'asseyais sur son bureau. J'adorais le rythme frénétique du siège d'Edison. Le frisson de l'innovation... Quand nous devions monter à bord d'un paquebot pour une croisière inaugurale, j'étais surexcitée. J'aimais séjourner à l'hôtel. Voler dans le tout dernier modèle d'avion. C'était une manière presque magique de parcourir le monde. Ma passion pour l'industrie n'est pas venue avec mon héritage et la perspective de gains financiers mirobolants. Je crois sincèrement à la beauté de la chose. Cette planète, cet univers me captivent...

— Tu te vois voyager un jour dans l'espace ?

— Oui, répondis-je sans hésitation. Je veux voir ce que c'est. J'ai soif de découvertes. Nous, les humains, ne pourrons jamais comprendre comment rendre le monde meilleur sans le contempler.

— Un point de vue intéressant, né de la création des voyages de luxe...

— Ce n'est pas du luxe. Nous proposons les croisières les plus abordables, avec les mêmes prestations que n'importe quelle autre compagnie. Nous offrons davantage d'options de vols et de forfaits hôteliers à des tarifs raisonnables que tous les autres grands voyagistes. Nous investissons aussi des sommes respectables dans diverses œuvres de charité, principalement dans le domaine de l'éducation. Car, pour moi, l'apprentissage et l'exploration sont essentiels pour qu'une personne réalise pleinement son potentiel.

— Tout cela parce que tu t'asseyais sur le bureau de ton père quand tu étais petite ?

Je battis des cils.

— Ma mère m'emmenait aussi un peu partout en Europe. J'ai la double nationalité américaine et britannique. En fait, je vivais dans plusieurs univers.

— Et tu as l'impression de te connaître ?

— Je connais seulement quelques facettes de ma personne. Mes rêves professionnels, mes valeurs morales. En revanche, j'ai laissé de côté mes aspirations personnelles, je l'avoue. Je ne pensais pas pouvoir les réaliser.

— Pour quelle raison ?

— J'avais le sentiment qu'elles étaient déplacées. Les mots prononcés par mon père au sujet de ma mère ont fait beaucoup de dégâts. Ils ont vicié mes impulsions, disons... féminines. Tout ce qui pouvait avoir trait au désir, à l'amour, au sexe. Je n'osais plus m'y fier. Évidemment, l'attirance que tu m'inspirais n'a fait que confirmer mes craintes.

— Évidemment, répéta Hadès avec un petit sourire en coin.

— Je ne voyais aucune issue. Je ne parvenais pas à concilier ma passion pour Edison, mon désir de réussir, de plaire à mon père et aussi…

— De vivre ?

Un soupir m'échappa.

— Je me suis appliquée à offrir des expériences inoubliables à nos clients plutôt qu'à trouver le bonheur dans ma propre vie. Je m'étais convaincue que mon ambition professionnelle et mes objectifs personnels ne faisaient qu'un. Résultat, ma vie privée se résumait à une seule chose…

— Ne me dis pas que c'était… nous ?

— Mais si. Tu as longtemps été la personne la plus proche de moi.

Hadès eut l'air un peu sonné.

— Quelle tristesse, Florence !

— Pourquoi ? C'est assez logique si on y réfléchit. Qui d'autre aurait pu comprendre ce que j'ai vécu en grandissant ?

Mon ventre se contracta.

— Moi, ajoutai-je, j'ignorais ce que tu endurais. J'en suis navrée.

— Je ne voulais pas que tu saches. Tu étais mon refuge.

J'ouvris de grands yeux.

— Je croyais que j'étais ton défouloir ?

— Tu ne comprends donc pas ? murmura-t-il d'une voix enrouée. C'était le seul espace où je pouvais…

Être humain… Être un homme.

À mon tour, très lentement, je posai les mains sur son visage. Mon souffle s'enraya. J'étais tout au bord de cette falaise. Pouvais-je sauter ?

Son regard m'aspira. Je n'avais plus le choix.

— Je suis là, dis-je. Cet espace, tu l'auras toujours. Je te le promets.

Il parut vouloir dire quelque chose, avant de se raviser. Je n'avais jamais vu Hadès à court de mots. J'étais habituée aux bagarres avec lui. Pas à cette sincérité. Nous n'étions pas en terrain familier. Une de nos lacunes en matière d'intimité s'ouvrait devant nous, et nous étions en train de chercher à la combler du mieux possible. Il le voulait aussi, sans cela il aurait simplement disparu dans la nuit sans répondre à mes questions. Sans me parler du tout.

— Je me suis organisé pour que nous passions la nuit en ville, dit-il enfin.

— Vraiment ? m'exclamai-je, surprise.

— Oui.

Une émotion étrange m'envahit. Car c'était nous, de retour dans un hôtel – et non dans le chalet dont je m'efforçais de faire notre foyer. Compte tenu de l'heure tardive, il semblait sensé de rester en ville plutôt que de reprendre l'hélicoptère pour retourner là-haut dans les montagnes, d'autant qu'il savait que ce moyen de transport me plaisait peu.

Pourtant j'avais la sensation de reculer d'un pas. Je n'en soufflai mot, bien sûr. Je me bornai à lui prendre la main et me laissai guider. Ainsi nous n'avions pas déambulé dans les rues au hasard, le nez au vent, comme je le croyais. Il nous emmenait vers un hôtel.

— Tu m'en veux, murmura Hadès. Je le sens.

— J'aurais beaucoup à dire sur ta capacité à lire les émotions des autres...

— Tu vois ? lâcha-t-il en s'immobilisant. Tu m'en veux. Jusque-là, tu étais très gentille avec moi.

— Je croyais... Je ne sais pas. Pour moi, nous nous promenions, et... cette promenade se révèle quelque chose de plus calculé.

Il fronça les sourcils.

— Est-ce ainsi que tu vois les choses ? Un *calcul* ? Rien de ce que j'ai fait avec toi ces dix dernières années n'était calculé. J'aurais aimé, pourtant. Tout aurait été plus facile si j'avais eu la situation sous contrôle pendant tout ce temps...

— Je sais. Tu ne m'aurais jamais touchée.

Il m'agrippa la main et m'invita à traverser la rue. Devant nous s'élevait un bâtiment majestueux, tout illuminé, à la façade ornée de drapeaux suisses.

— Ravissant, dis-je.

Hadès avait toujours eu bon goût en matière d'hôtels.

— Tu es encore fâchée.

— Non.

— Peut-être n'as-tu pas envie de moi ce soir ?

Je fronçai les sourcils. Hadès manquait-il à ce point de confiance en lui ?

— Quelle idée !

— Ce ne serait pas si étonnant. C'était peut-être le danger qui t'excitait. La saveur de l'interdit.

Je le stoppai net devant l'entrée de l'hôtel.

— Je te désire maintenant et pour toujours. Hadès... Je n'ai même jamais embrassé un autre homme. Mon désir pour toi me colle à la peau. Même si je le voulais, je ne pourrais pas m'en défaire.

— Mais tu le regrettes.

— Il m'est arrivé de le regretter par le passé, c'est vrai. Pas toi ?

— Non. Jamais. Encore une fois, si j'avais pu te résister je l'aurais fait. Mais jamais je n'ai eu de regrets.

Là-dessus il se détourna et, d'un geste vif, poussa la porte tambour de l'hôtel. Je dus me précipiter pour m'y engouffrer à sa suite.

— J'ai déjà la clé, dit-il.

Évidemment.

Nous traversâmes en flèche le superbe hall d'entrée, droit vers les ascenseurs. Il me fallut plusieurs secondes pour m'apercevoir que j'étais déjà venue ici.

C'était notre hôtel. Notre deuxième fois.

— Tu...

Ce n'était donc pas un choix banal, anonyme, fait pour nous

détacher de notre histoire et de la réalité de nos sentiments... J'eus honte des remarques mesquines proférées à son égard quelques minutes plus tôt.

À peine entrée dans la cabine, sans même attendre que les portes se referment derrière nous, je me hissai sur la pointe des pieds pour l'embrasser avec le même abandon paisible qui accompagnait tout à l'heure notre balade dans les rues genevoises. Une façon de marquer le changement qui s'était opéré à bas bruit. De dire qui nous étions, maintenant.

Et qui nous étions dix ans plus tôt. Je n'avais pas oublié l'impatience qui nous tenaillait. Elle était encore là, intacte, mais moins déchirante.

Un tintement discret. Dernier étage. Nous étions déjà arrivés. Un peu étourdie, je levai les yeux vers le visage familier d'Hadès. Mon amant. Mon mari. Le seul homme que j'aie jamais voulu. Le seul que j'aimais.

Je traçai du bout des doigts le contour de ses lèvres. À présent nous pouvions nous permettre la douceur, en lieu et place de cette tempête sans fin, de ces violentes bourrasques. La tempête était toujours là. Mais il y avait un petit quelque chose en plus.

Il déverrouilla la porte de la suite, me prit les mains et m'amena au centre du salon. Là, il empauma mes joues et m'embrassa. Il m'embrassa comme s'il n'avait rien d'autre à faire, jamais, comme s'il était arrivé à bon port.

D'habitude, nos baisers n'étaient qu'un apéritif, avalé promptement avant de passer au plat principal. Ce baiser ce soir... C'était un moment privilégié à part entière.

J'oubliai tout ce qui n'était pas la saveur du contact d'Hadès. J'enfouis les doigts dans ses cheveux noirs. Les glissai sur ses pommettes, ses joues ombrées de barbe. Puis sur sa gorge, son torse ferme où palpitait son cœur.

Étonnant comme cet homme pouvait m'être tout à la fois familier et étranger. Il était à moi... et il n'était pas à moi. Cette idée me bouleversa tout à coup. Hadès avait toujours été un être détaché des autres. Détaché de moi comme de tout le monde. Mais je ne voulais plus cela désormais.

Je déboutonnai sa chemise en prenant le temps de caresser les muscles gorgés de vigueur sous leur duvet doux.

— Nous avons tout le temps du monde, chuchotai-je.

Pour toute réponse, il planta son regard électrique dans le mien. Comme il tendait la main vers la fermeture Éclair au dos de ma robe, je m'écartai légèrement.

— Patience, dis-je.

— Je n'en ai aucune.

— Ah ! c'est que rien ne t'y obligeait jusqu'ici.

Je le voulais nu. Je voulais le regarder, le croquer des yeux tout entier. Avec ce luxe du temps disponible et tout l'amour que j'avais dans le cœur.

Je fis glisser les pans de la chemise sur ses épaules, admirant chaque parcelle de peau bronzée. Puis je m'attaquai à sa ceinture. Son corps m'était si familier. Si cher.

Pourtant l'excitation ne disparaîtrait jamais. Je frissonnai à la pensée qu'il était à moi, qu'aucune femme ne l'avait touché depuis que mes mains s'étaient posées sur lui.

— À moi, dis-je tout bas en refermant la main sur son sexe dur.

Un son incontrôlé sortit de ma gorge. Il me regardait, les yeux voilés, prêt à bondir. J'étais en sursis, il me laisserait longtemps les rênes.

Hadès.

J'avais peut-être fini par consentir à ce que l'enfer soit ma maison, tant qu'il habitait là. À moins que... Une étincelle d'espoir jaillit dans ma poitrine. Et si nous pouvions renaître ? Si, par la grâce de ce *toujours*, nous pouvions changer, tout en restant les mêmes ?

Entiers, ensemble et amoureux.

Je l'aimais. Je baisai sa gorge à pleine bouche. Il m'enlaça en grognant. Sa grande main glissa autour de ma taille jusqu'à mes fesses. Puis il s'appropria ma bouche avec élan. Il avait pris les commandes, et cela m'allait bien, je n'en voulais plus.

J'avais rendu les armes. Aux profondeurs de l'enfer ou aux cimes du paradis, qu'importe. Parce que je savais qui j'étais. Je faisais mieux que rendre fier mon père, mieux que me distinguer de ma mère. J'étais plus qu'une P-DG douée... J'étais Florence. J'étais la femme qui avait capté son attention dix ans plus tôt pour ne jamais la perdre. Alors peut-être étais-je à la hauteur depuis le début.

Il arracha de mon corps ma robe, puis mes sous-vêtements, m'entraîna sans façon sur le tapis et me hissa sur lui.

— Prends-moi, ordonna-t-il.

Docile, je soulevai les hanches et l'accueillis en moi.

Ma tête chavira et se redressa aussitôt. Je ne pouvais résister à l'envie de fixer ses yeux noirs insondables tandis qu'il m'emplissait et m'affolait de désir. La tempête se levait en moi. Elle se levait toujours. Une permanence au cœur du changement en cours.

Il me fit jouir vite et fort et, lorsque le plaisir m'inonda, il attira mon visage à lui pour m'embrasser et en profita pour inverser nos positions. Je me retrouvai clouée au sol. Il embrassa ma gorge, mes seins, avant de s'enfouir en moi encore et encore, comme s'il prononçait des vœux avec son corps cette fois.

Je captai une lueur féroce dans son regard. Un grand feu follet. S'il n'avait pas été Hadès Achelleos, j'aurais cru à une lueur d'effroi, mais Hadès n'avait peur de rien.

Et surtout pas de moi.

À l'approche de la délivrance, il résista, glissa la main entre mes cuisses et me caressa, suscitant une nouvelle ovation de mon corps, avant de succomber lui-même au plaisir.

À mesure que la tempête décrut, mon esprit réintégra mon corps. La vérité planait entre nous, une vérité pesante et indéniable que je ne pouvais plus retenir.

— Je t'aime, Hadès.

12

Sans un mot, Hadès se déprit de moi et se releva. J'entendis le bruit de ses pas qui l'éloignaient de mon corps, mais le son n'était pas le même que d'habitude. Il avait fait cela mille fois, lorsque la soirée touchait à sa fin et qu'il nous fallait redevenir rivaux, au moment de la séparation obligée qui nous renvoyait vers nos vraies vies.

Seulement, ce soir, *c'était* notre vraie vie. Il n'était pas censé me quitter. Il n'était pas sorti de l'hôtel, mais son départ silencieux en disait long. Je pressai une main sur ma poitrine. Mon cœur battait. Il était entier. J'avais pourtant l'impression que des fragments s'en détachaient pour se jeter contre mes côtes.

Cela faisait si mal...

Inspirant un grand coup, je me relevai à mon tour. J'insufflai de la douceur dans mon propre pas pour aller le rejoindre dans le sanctuaire où il s'était réfugié. J'étais nue et je m'aperçus que je n'éprouvais aucune honte. Aucune peur non plus. J'étais trop solide pour cela. Nous étions l'un et l'autre solides. Dix ans, et rien ne nous avait brisés. Pas vraiment.

Les occasions ne nous avaient pas manqué pour trouver d'autres partenaires, mais le désir n'était pas venu. Nous nous étions promis inconsciemment nos corps, nos âmes l'un à l'autre des années plus tôt, et j'étais prête à me battre pour cela maintenant. Plutôt mourir que de laisser ces pas dans le couloir signer la fin de mon amour pour Hadès et cette soirée être la dernière.

— Hadès…

Il me coupa la parole.

— C'est la seule chose dont je ne voulais à aucun prix entre nous, dit-il d'un air sombre. Je n'imaginais pas que ce danger pourrait se concrétiser.

— L'amour ?

— Je te l'ai dit, quelquefois la casse est tout simplement trop avancée. Les êtres sont en miettes.

— Je ne sais pas de quoi tu parles. Nous, en miettes ? Nous avons juste les fêlures qu'il faut pour nous ajuster à l'autre… Tu n'as donc pas remarqué, depuis le temps ? Nous sommes peut-être les seuls êtres capables de se comprendre vraiment l'un l'autre.

— Tu n'as aucune preuve de ce que tu avances.

— Vas-tu me dire que tu crains de ressembler à ton père ? Moi qui te connais, je sais que c'est impossible.

— Tu ignorais que mon père était violent et tu prétends me connaître ?

Un mur. Il restait un mur, en dépit de mes efforts pour creuser des brèches et le libérer, et j'avais la sensation de m'écorcher vive moi-même. Pour autant, pas question de baisser les bras.

— Tu es mon amant depuis dix ans. Voilà ce que tu es, et pas un secret honteux ni une liaison clandestine. Je t'ai laissé m'enlacer, m'embrasser, me goûter, me caresser. Tu es le père de mon bébé. Alors oui, Hadès, je te connais. Je t'ai vu remporter des batailles et en perdre d'autres, exclusivement contre moi. J'ai vu comment tu négocies les revers. J'ai vu qui tu es, face aux embûches. Tu n'es pas un homme violent.

— Mais l'amour me corrompt aussi facilement que mon père.

— Je ne comprends pas ce que cela signifie.

— Vraiment ?

— Oui ! Parce que tu ne me dis rien... Tu es un mur impénétrable, Hadès. Tu l'as toujours été. Tu ne m'avais pas dit que j'étais ton unique maîtresse.

Ma voix se brisa. Je n'étais pas loin de craquer. Il ne fallait pas.

— Et toi tu ne m'avais pas dit que j'étais le seul, répliqua Hadès d'une voix dure.

— Mais j'étais vierge la première fois. C'est moi qui me suis donnée en toute innocence. Toi, tu n'as jamais montré une once de vulnérabilité !

— Pardon, mais... N'ai-je pas été assez doux à ton goût ? Tu ne semblais pas détester mes manières, à en juger par la façon dont tu te jetais sur mon sexe à la première occasion...

— Hadès, ne fais pas ça. Ne sois pas désagréable maintenant sous prétexte que c'est trop dur pour toi. Explique-moi, plutôt !

— Ce n'est pas trop dur. C'est un sujet tristement familier que j'ai déjà passé en revue mille fois. Pourquoi ce n'est pas toi que j'ai demandée en mariage, à ton avis ?

— L'entreprise, répondis-je.

— Petite sotte ! Tu t'imagines que cet empire est important pour moi ? Tu es bien naïve. Je m'en fiche ! Pourquoi crois-tu que je tenais à établir des règles sur la façon dont nous devions faire vivre ce mariage ?

— Parce que tu aimes tout contrôler.

— Et pourquoi cela, hein ?

— *Arrête !*

J'avais hurlé.

— Arrête ce petit jeu, Hadès. Donne-moi quelque chose... Je le mérite, c'est moi qui ai tout donné jusqu'à présent. Je suis allée te chercher. J'ai dû me déplacer jusqu'à l'église pour t'annoncer ma grossesse, pour empêcher ton mariage. J'ai appris seule, par la presse, que tu allais épouser une autre femme... Donne-moi quelque chose sans que je sois contrainte de m'humilier, bon sang !

— Mon père a retrouvé ma mère.

Ces mots me réduisirent au silence. Hadès avait une expression tourmentée, presque torturée.

— Il a repéré sa maison en Grèce, son mari, ses enfants. Par ma faute. Je suis allé la voir, et il avait placé un traceur dans mon téléphone. Il avait prétendu savoir où elle était des années durant, pour me garder sous sa coupe. Il nous a rejoints sur place. En arrivant à la villa, il était hors de lui. Il avait les yeux d'un fou. Il s'est précipité sur elle en brandissant un couteau. Je me suis interposé et je l'ai désarmé.

Je vis le visage d'Hadès se froisser à mesure que ses défenses lâchaient. Apparut alors non pas un monstre mais un homme gorgé de chagrin, de haine de soi, de peur.

— Tu lui as sauvé la vie, murmurai-je.

— Oui. Et ensuite j'ai frappé mon père. Ce n'était pas nécessaire. Je l'ai frappé encore. Il est tombé, sa tête a heurté le bord des marches en pierre de l'entrée. Il est mort sur le coup. Modifier à peine l'histoire pour déclarer qu'une mauvaise chute avait causé une commotion cérébrale n'a pas été difficile. Il n'avait pas d'ecchymoses, il est mort trop vite.

— Les médias ont raconté que ton père était mort pendant des vacances, dis-je, le cœur dans la gorge.

— Nous avons composé un scénario qui me protégeait et qui protégeait la compagnie. À quoi bon tous ces drames, si c'était pour détruire l'entité pour laquelle j'avais été conçu ? C'était ma chance de prendre le contrôle.

— Hadès...

— Alors, tu vois, je suis aussi dangereux que mon père.

— Tu l'as fait pour ta mère. Tu l'as fait par amour. Il t'avait menacé, manipulé, avec l'argument de la sécurité de ta mère. Sa mort ne désole personne. C'était un individu inutile, malfaisant.

— Le danger est ailleurs, Florence. Regarde comment l'amour a trahi ma mère. Mon amour pour elle m'a rendu négligent, égocentré. Il a conduit mon père jusqu'à elle.

Je secouai la tête.

— Ton amour est tout sauf égoïste...

— Si, il l'était ! Je ne pensais qu'à garder à portée de main ce qui me faisait envie. Jamais à donner.

— Hadès, je t'aime, répliquai-je. Et je te connais. Je n'ai pas peur de toi. Je t'ai aimé dès le début. Ne comprends-tu pas ? S'il y avait une chose que j'ignorais sur mon compte, c'était cela. Car j'avais peur, très peur de ce que t'aimer pourrait signifier. De ce que j'étais prête à abandonner pour toi. La réponse est simple : *tout*. Je me fiche aussi de la compagnie. Entre elle et toi, le choix aurait été vite fait. Alors je me suis forcée à nier ces sentiments, à les tenir sous clé au plus profond de moi.

— J'aurais aimé me retenir pour les mêmes raisons... Je ne te ferai jamais de mal, Florence. Jamais...

— Oui, je sais.

— Tu devrais être épouvantée. Par le genre d'homme que je suis. Par la violence qui sommeille en moi...

Il semblait juste anéanti, déchiré par cet aveu si longtemps retenu. Je l'avais déjà vu dans cet état, lors de nos retrouvailles juste après la mort de son père. Il m'avait dévorée, ce soir-là.

Là, il apparaissait enfin dans toute sa vérité nue.

— Eh bien, je ne le suis pas, dis-je. Moi, lorsque je te regarde, je vois un homme victime d'un père sadique. Un homme qui a failli s'effondrer, mais qui a tenu bon et s'est battu pour sa mère au moment où il le fallait. Ton père s'est évertué en vain à te faire peur. Tu t'es montré plus fort que lui, comme il le craignait. S'il t'a maintenu sous son emprise, c'était parce qu'il se sentait inférieur.

— S'il avait su ce que j'éprouvais pour toi, il aurait...

Il n'acheva pas sa phrase, le visage déformé par la peur. Mais la peur de quoi ? Voilà un homme qui, au début de sa vie, avait craint que son amour le plus cher lui soit enlevé. Son père en avait honteusement profité. Sa mère l'avait laissé avec un monstre, pour se protéger... Je pouvais comprendre sa décision et compatir à ce qu'elle avait perdu ainsi, mais c'était pour Hadès que je me désolais. Égaré dans un dédale d'émotions, il ne savait même plus qui était l'ennemi. Il avait décidé que ce devait être lui.

Je savais, moi, que ce n'était pas vrai.

— Hadès, dis-je doucement, raconte-moi tout.

— Ce n'est pas si simple...

— Nous n'avons jamais donné dans la simplicité. Nous avons toujours visé plus loin, par nécessité...

— Non. Notre relation était placée sous le signe du désir pur et simple. Elle ne peut pas être autre chose.

Ces mots me transpercèrent. Là était la violence. Il ne s'en rendait pas compte, mais cela, c'était ma mort. J'avais tout fait pour ne pas l'aimer, et maintenant... C'était lui qui allait tout arrêter et barrer l'avenir qui pourtant nous tendait les bras.

Si c'était vrai, s'il refusait d'avancer et s'obstinait à tourner en rond, alors j'avais mis mon âme à nu et sauté de la falaise pour rien. Je n'avais plus rien à offrir. Il n'y avait pas de victoire possible.

— De quoi as-tu si peur ? demandai-je encore d'un ton las.

— Nous ne pouvons pas vivre ensemble. Nous élèverons cet enfant, mais sans cohabiter en tant que mari et femme.

— Ce n'est pas à toi d'en décider...

— Mais si.

— Sinon, quoi ? Tu feras en sorte de me ruiner ? Là, oui, tu ressembles à ton père, Hadès. À cause de cette soif de contrôle ridicule chez toi ! Tu ne lèverais jamais la main sur moi, mais tu n'hésites pas à me menacer pour me soumettre à ta volonté.

Visiblement pris de court, il ouvrit la bouche... mais aucun son n'en sortit.

— Tu dois lâcher prise. Je suis un être autonome, et mes sentiments pour toi sont ce qu'ils sont. Tu ne peux pas m'obliger à ressentir autre chose, me façonner dans le moule que tu souhaites.

— Florence...

Tout était fini. Forcément.

Si ma mère m'avait appris une chose, c'était à ne jamais tout donner à un homme. Il fallait préserver un peu de joie pour soi. Pour son enfant.

— Si tu ne veux pas être mon mari, alors je te quitte, Hadès. Techniquement, les termes du testament de ton père seront respectés, il n'aura pas gagné. Mais, moi, rien ne m'oblige à rester mariée à un homme qui ne m'aime pas. J'ai déjà fait suffisamment de concessions pour toute une vie, je ne vais pas dénaturer ma personne pour toi. Je ne me cacherai pas au moment précis où j'ai enfin découvert qui je suis. Je t'aime. Je t'aime désespérément. Et, si je ne peux pas t'avoir comme j'en ai besoin, alors tout est fini.

À jamais.

Je le détestais en cet instant autant que je l'aimais, pour avoir fait naître en moi l'espoir juste avant de le tuer dans l'œuf. La peur lui donnait des œillères, elle l'empêchait de voir au-delà de ce drame... Non. Impossible. Je ne pouvais croire qu'il regrettait la mort de son père au point de s'empêcher d'aimer aujourd'hui.

— Tu es juste effrayé, dis-je. Pendant dix ans tu as pu me garder auprès de toi sans risquer ta personne. Tu sais pertinemment que tu n'es pas un monstre, mais ce rôle, que tu joues à la perfection, il est pratique, confortable. Au fond, tu *regrettes* de ne pas ressembler à ton père, Hadès, car cela te permettrait de tenir tout le monde à distance. Tu *souhaites* que ton acte de violence me fasse horreur pour n'avoir que ta personne à chérir... Mais cela ne te ressemble pas ! Ton père était poussé par la haine, toi, tu as agi par amour. Simplement, tu t'es débrouillé pour changer la définition de l'amour afin de pouvoir le nier. Je ne permettrai pas cela. Je ne te laisserai pas te cacher.

— Florence...

Je le fusillai du regard et partis dans le salon ramasser mes vêtements. Puis je décrochai mon téléphone pour commander mon propre jet privé et m'envoler loin d'ici, la mort dans l'âme.

Je n'avais aucune envie de le quitter. Pourtant il le fallait.

En larmes, je passai tout le trajet de retour vers New York à me remettre en question. Je m'étais satisfaite des miettes que me laissait cet homme pendant des années, étais-je devenue folle de tirer ainsi un trait sur le passé ? Alors que nous allions avoir un bébé ? Peut-être aurais-je dû faire preuve d'un peu plus de souplesse. Donner davantage…

Mais je voulais être aimée. Surtout, je ne pouvais pas vivre avec un mur infranchissable. Je voulais qu'Hadès s'ouvre à moi et trouve le courage de m'aimer. J'avais besoin qu'il soit honnête avec moi. J'avais besoin de le connaître vraiment.

Dès mon arrivée à l'appartement, j'appelai Sarah, qui me rejoignit dans l'heure.

— Que s'est-il passé ?

— Je l'aime. Et il s'entête à ne pas m'aimer.

— C'est un imbécile.

— Il a peur.

— Je suis désolée pour toi, dit Sarah. Je sais combien tu tiens à lui…

— Je l'aime depuis notre toute première rencontre. Au fond de moi, je crois que j'espérais que ce soit réciproque.

— Si ce n'était pas le cas, tu n'es pas responsable.

Et pourtant. C'était pire que le contrat avec la NASA avorté. Pire que tout. Je tenais le bel avenir dont je rêvais au creux de la main… et tout s'était envolé.

Mes doigts volèrent vers mon ventre. Un bébé allait arriver. La révélation de mes sentiments pour Hadès et l'évolution de notre relation avaient fait passer au second plan ma maternité imminente…

Je ne m'écroulerais pas. Mes parents s'étaient perdus dans la haine qu'ils éprouvaient l'un pour l'autre. Ils m'avaient blessée, quand bien même ce n'était pas leur intention. Hors de question que j'inflige ce même sort à mon enfant.

— Je ne pourrai peut-être pas tout avoir, murmurai-je, mais j'aurai mieux. Parce que je suis assez forte.

J'étais retournée vers lui chaque fois. Une droguée en manque de sa dose. Mais pas aujourd'hui. Ces semaines de vulnérabilité avaient fait de moi une personne nouvelle.

Et me voilà, papillon tout juste éclos de sa chrysalide avec les ailes mouillées, un peu ébouriffées. J'avais changé. Et j'avais besoin qu'il en fasse autant.

J'imaginais déjà les gros titres dans la presse.

> *L'héritière Clare maman solo après l'implosion de son mariage.*
>
> *Un week-end sur deux pour Achelleos et Clare... pour la garde. Adieu, étreintes torrides !*

Cette idée me révulsait, mais je me savais maintenant capable de survivre.

Je me moquais bien de ce que raconteraient les autres. L'essentiel, c'était que mon enfant n'ait jamais à se défendre pour plaire à sa mère ou à son père. Il suffirait à mon bonheur. Inutile qu'il déteste son père juste pour me faire plaisir. Je ne me sentirais pas obligée de dénigrer Hadès pour l'influencer.

J'avais le cœur brisé, mais j'étais résolue à donner à mon enfant une vie pleine et épanouissante.

J'avais un noyau d'acier et je comptais bien le mettre à profit.

13

Veille de Noël.

Le front contre la fenêtre de mon bureau, je contemplais le panorama qui m'était offert en essayant de me rappeler pourquoi j'aimais New York.

Je m'imaginais promenant mon bébé dans Central Park. Le prenant dans mes bras pour lui montrer une statue ou lui permettre de poser ses petites mains potelées sur les feuilles revêtues de leurs belles couleurs d'automne. J'imaginais Noël. Un Noël comme celui qu'Hadès et moi ne passerions pas ensemble. Les cadeaux enrubannés à ouvrir, un foyer chaleureux.

Ma poitrine se contracta, un instant le souffle me manqua. Devant mes yeux défilait tout ce que nous aurions pu avoir, si seulement il… Je me ressaisis tant bien que mal. Pas question de m'égarer sur ce chemin. Je ne pouvais pas me le permettre.

Je n'avais pas tout perdu. Non ! Un avenir m'attendait, lumineux et plein d'espoir, même si ce n'était pas celui que j'avais espéré. Une famille à construire, qui aurait quelques traits communs avec celle dont j'avais rêvé. J'étais la mère. J'avais le pouvoir de façonner une grande partie de ce que mon enfant allait vivre. Et j'avais décidé que ce serait bien. Et beau.

La ville avait revêtu aujourd'hui sa cape de neige, et l'éclat des fêtes ravivait ma blessure, mais la pensée du bébé que je mettrais au monde l'année suivante m'apaisait. J'entendis soudain la porte de mon bureau s'ouvrir. Je me retournai, m'attendant à voir apparaître Sarah.

Sur le seuil se tenait Hadès. Je me figeai, ahurie.

— Qu'est-ce que... ?

— Je suis venu ouvrir mon cœur, sans détour, déclara-t-il tout de go d'une voix tendue.

— Pardon ?

— Tu avais raison, Florence, j'ai peur et... j'ai tout fait pour dissimuler ce que j'ai de plus intime, à toi, à moi-même, au monde. Je ne voulais pas que tu me connaisses. En vérité, j'ai honte de ce qui est arrivé à mon père, mais il était fou de rage et vraiment capable de harceler ma mère jusqu'à ce que mort s'ensuive. Cela, je le sais et en un sens j'ai fait la paix avec ce drame. Mais il m'a servi lui aussi de prétexte...

— Dans quel but ?

— C'était une raison de plus pour rester loin de toi, acheva-t-il en soupirant.

Il se tut. J'attendis sans mot dire en retenant mon souffle.

— Je t'ai aimée dès la seconde où je t'ai vue.

— Oh !

— Je me suis dit que cet amour était à sens unique, reprit-il d'une voix rauque. Que tu ne pouvais pas m'aimer en retour. Mon cœur saignait dès que je t'enlaçais, mais je me sentais en sécurité. Si tu ne m'aimais pas, je ne pouvais pas te faire de mal. Les hôtels, les salles de bains, les penderies, tout cela suffirait. Et tu ne souffrirais pas le jour où je déciderais d'épouser une autre femme.

— Et pourtant, murmurai-je.

— Oui, je sais. Ton émotion m'a pris de court. Si tu savais combien je regrette... Mais la peur ne m'a pas quitté une seconde depuis notre première fois. S'il avait su que je tenais à une femme... la fille de son ennemi, par-dessus le marché... Il m'aurait frappé, évidemment, mais ce serait allé bien plus loin, Florence. À la seule pensée de ce qu'il t'aurait fait à toi…

Là, c'était lui. Hadès, tout entier. Je n'en revenais pas. J'étais comme éblouie par sa lumière. Sa vérité. Ses émotions. Tout ce qu'il me laissait voir, *enfin* !

J'évitai de prononcer un mot, trop heureuse de lui céder la parole et de simplement l'écouter. Durant toutes ces années, je n'avais jamais imaginé qu'il puisse m'aimer depuis le début.

— Je suis arrivé plein d'espoir dans ta chambre, ce soir fatidique. Je n'avais aucun droit sur toi, j'aurais dû garder mes distances, mais le courage m'a manqué. Et, lorsque tu t'es donnée à moi, j'ai compris que je ne pourrais plus toucher une autre femme. Jamais. Après cela, j'ai pensé à toi nuit et jour, et quand je t'ai reprise dans mes bras six longs mois plus tard à Genève, c'était comme respirer pour la première fois.

Mon cœur blessé tambourinait comme un sourd dans ma poitrine, comme filant au galop vers cette vérité plus vite que les mots d'Hadès.

— Absolument rien n'avait de saveur entre ces moments que je passais avec toi. Lorsque mon père est mort, je… je me suis promis de ne plus jamais poser sur toi ces mains de brute. Je m'en voulais, si tu savais à quel point ! Pour moi le moment était venu de cesser de nous tourmenter l'un et l'autre, mais je n'ai pas pu tenir cette promesse.

— Je me souviens de ton baiser dans la loge, chuchotai-je. Juste avant que nous montions sur scène.

— Tu m'obsédais, Florence. Je voulais te repousser, mais tu étais aussi ce dont j'avais profondément besoin, à l'exclusion de tout le reste.

Je m'efforçai de relire les événements à la lumière de ces révélations. Il m'avait aimée dès le début. Je découvrais là un tout nouveau fil dans la trame de notre histoire, un fil d'or courant d'un bout à l'autre du tissu. Son désir était donc bien plus intense qu'un simple appétit sexuel. Mon cœur s'allégea subitement, inondé de joie. Lui et moi nous retrouvions chaque fois parce que nous nous aimions...

— J'avais peur, dit-il. Tout le temps. Peur qu'on t'enlève à moi. Peur de te perdre. J'ai cherché mille raisons de garder mes distances. Ce n'est pas ma violence envers mon père qui m'a terrassé ce jour-là, c'est surtout la pensée, insupportable, que ma mère avait failli perdre la vie par ma faute...

Hadès poussa un long soupir avant de poursuivre :

— Et pour finir j'ai décidé d'épouser une autre femme. Le délai imposé par le testament de mon père approchant, j'envisageais de couper carrément le lien et de nous libérer ainsi tous les deux. Mais, lorsque tu es apparue, enceinte de mon enfant... C'était l'excuse idéale pour que je m'autorise à te prendre. Je n'ai pas eu la force de dire non. J'ai cru pouvoir garder le contrôle. Tu as raison, là est le danger, j'ai cru pouvoir te manipuler. Transformer notre passion en quelque chose qu'elle ne pouvait pas être, un feu plus doux, plus conventionnel, sans risque pour moi puisque je n'en redouterais pas la perte...

— Ton père s'appuyait sur les fêtes de Noël, et sur ton affection, pour t'effrayer. Évidemment que tu avais peur !

— Oui... mais je t'aime ! Je t'aime, et ça me tue à petit feu, depuis dix ans. Je t'aime et je crains que cet amour me tue.

À ces mots, la lumière se fit dans mon esprit.

— Lorsque tu disais que la casse était parfois trop avancée pour que l'amour soit possible... tu parlais de ton amour pour *moi* !

Il avait tenté de me le dire à ce moment-là, mais le mur protecteur était encore bien en place. Son père lui avait appris les dangers que pouvait présenter l'amour.

Hadès acquiesça avant de préciser :

— Mais je prends conscience que mon amour pour toi est sans doute la seule chose intègre et bonne dans mon corps.

Tout au moins j'ai besoin de le croire, parce qu'une vie sans toi ne m'intéresse pas...

— Hadès, je ne te quitterai jamais, dis-je avec un sourire un peu tremblant. Si j'avais pu le faire...

— Ce serait déjà fait, acheva-t-il en hochant la tête.

— Mes sentiments me terrifiaient. J'espérais qu'ils disparaîtraient.

— Pas moi. Sans eux, je serais devenu fou. Ma vie était un désert dont tu étais l'unique oasis, Florence. L'unique source de bien-être. Je nous imaginais réunis, fondant une famille... Pendant des années, j'ai cru cela impossible. La violence ne s'est pas éteinte avec mon père, son écho résonnait encore. Je me sentais en échec parce que j'avais cédé à la créature qu'il avait faite de moi. S'il m'a imposé le mariage, c'est parce qu'il savait que je répugnerais à perpétuer la lignée. Je le méprisais tant. Je détestais sa façon de triompher. Mais aujourd'hui... En te voyant si courageuse, Florence, si vulnérable aussi, j'ai remis bien des croyances en question. Mon père s'imaginait me contrôler par ce testament. Peut-être a-t-il cru gagner le jour où j'ai cédé à la violence. Erreur ! Je suis différent. Quelque chose a déjà changé en moi. *Toi.* L'amour que je te porte. Mon père n'en a jamais eu la capacité. Il a sans doute aimé un jour ma mère, mais...

— Non, dis-je, ce n'était pas de l'amour.

J'étais au bord de l'implosion. Je souffrais pour lui. J'exultais pour nous. Hadès m'aimait. Ma trajectoire lui avait ouvert le chemin hors des ténèbres. Exactement ce que j'espérais.

— Cela dit, reprit-il, ma mère, que j'aimais, m'a quitté. À la fin des fins c'est ma plus grande peur. Donner de nouveau de l'amour pour le voir m'échapper...

— Je ne te quitterai pas, répétai-je. Tu es mon destin depuis la seconde où j'ai posé les yeux sur toi. Tu étais fait pour être à moi. Je le sais, j'y crois de toute mon âme. As-tu idée du temps que j'ai passé à me convaincre que ce ne pouvait pas être de l'amour ? Nous nous mentions à nous-mêmes...

— Pas moi, dit Hadès. J'ai toujours su.

— Alors c'était de la lâcheté de ma part. Je me protégeais.

— C'est pareil pour moi, mais sous une autre forme. Je t'aime, Florence Clare. Nos joutes verbales, nos baisers... C'était toujours la joie d'être avec toi, de capter ton attention, de sentir tes yeux rivés sur moi.

La vérité éclatait enfin. Nos retrouvailles n'étaient pas des écarts sur un chemin que nous étions censés suivre. C'était notre chemin. Nous avions mis beaucoup de temps à le comprendre, voilà tout.

— Je passerai chaque jour des dix prochaines années au moins à te dire combien je t'aime. Deux fois par jour !

— Pourquoi deux fois ? m'enquis-je en souriant.

— Parce que j'ai dix ans de retard.

Aucune importance. Nous avions découvert le bon cap désormais. Nous avions enfin trouvé notre place. J'avais toujours cru dur comme fer qu'Hadès était l'homme de ma vie. J'ignorais simplement à quel point c'était vrai.

— Je t'aime, Hadès. Autant que j'ai cru te détester !

— Et moi je t'aime autant que j'ai toujours su que je t'aimais. Sans peur. Sans retenue.

— Je vois d'ici les gros titres...

— Et que disent-ils ?

L'héritière Clare heureuse pour toujours !

Épilogue

Hadès

Dès le moment où je l'ai vue, j'ai su que ma vie était fichue. Heureusement, j'ai appris depuis, avec le temps, que je pouvais me tromper. Car le jour où j'ai rencontré Florence Clare, aujourd'hui Florence Achelleos, était aussi celui de mon salut.

La première fois qu'elle m'a embrassé, j'étais sûr que cela ne pourrait durer qu'un temps, mais ensuite je n'ai pas pu la laisser partir. Je ne pensais qu'à elle alors que j'aurais dû me concentrer sur des stratégies commerciales. J'organisais des réunions dans les villes où je voulais la retrouver.

Aux yeux du monde, la compagnie était ma raison d'être.

Mais c'était elle.

Toujours elle.

Je me suis raconté que nous ne pouvions prétendre à autre chose que des baisers volés, des moments volés.

Aujourd'hui, nous avons tout.

Dix ans à tricher. Dix ans à nous cacher. Et désormais, dix ans de mariage derrière nous, quatre enfants et une fusion couronnée de succès, dont nous déléguons la gestion à d'autres car notre famille est notre unique obsession.

Nos mères sont devenues des grands-mères aux petits soins, et nos enfants ont la chance de séjourner tantôt au bord du lac de Côme, tantôt en Grèce. Mais nos moments préférés, c'est lorsque nous sommes tous réunis dans la maison que nous avons achetée près de la mer, afin que Florence puisse toujours regarder l'horizon et planifier sa prochaine aventure.

En cet instant, c'est moi qui fixe l'horizon. Mon épouse est descendue au port à l'aube pour jeter un coup d'œil à l'un des nouveaux paquebots, et j'attends avec impatience son retour. J'ai toujours hâte de la retrouver.

— La circulation était un cauchemar.

Je me retourne d'un bloc. Elle est là, devant moi, souriante. Comme si j'avais convoqué un ange par la seule force de ma pensée.

Florence.

— Mais tu m'es revenue...

Elle traverse la pièce, se hisse sur la pointe des pieds et m'embrasse comme si c'était la première et la dernière fois en même temps. Ce n'est ni l'un ni l'autre, nous le savons tous les deux.

— Toujours, souffle-t-elle. Je n'ai jamais pu te résister.

Nous disions souvent naguère l'un et l'autre que, si nous en avions eu la force, nous aurions résisté.

Plus maintenant. L'idée de nous éloigner l'un de l'autre pour quelque raison que ce soit ne nous traverse plus jamais l'esprit.

Florence Clare et moi, c'est pour toujours.